蓬蓬
博客
Pengpeng
Blog

Poetic Notes on
My Travel

我的行吟笔记

施向群　著

上海交通大学出版社
SHANGHAI JIAO TONG UNIVERSITY PRESS

内容提要

本书是作者的海外游记。她是一位旅行者，20多年来，走遍了除南极洲以外的六大洲共84个国家和地区，其中28个亚洲国家和地区、35个欧洲国家、9个非洲国家、3个大洋洲国家、5个北美洲国家、5个南美洲国家。从2008年9月开始，通过网易和微信公众号，写下了2000多篇游记博客。在旅途中，她每天会发布最新的旅行博客，其图文并茂的撰写形式，吸引了很多网友。

本书主要汇总了她在国外旅行的部分博客。从探索的心态、冒险的精神，到世界奇观、风土人情，从跟团游到自助游，讲述了自助游的历程和出游途中遇到的困难，向读者传达了对生活的热爱，让读者全面了解旅行的魅力。

图书在版编目（CIP）数据

我的行吟笔记：蓬蓬博客 / 施向群 著. —— 上海：上海交通大学出版社，2022.10
ISBN 978-7-313-27401-4

Ⅰ. ①我… Ⅱ. ①施… Ⅲ. ①游记—作品集—中国—当代 Ⅳ. ①I267.4

中国版本图书馆CIP数据核字（2022）第165006号

我的行吟笔记：蓬蓬博客
WODE XINGYIN BIJI: PENGPENG BOKE

著　　者：施向群

出版发行：上海交通大学出版社　　　　　地　　址：上海市番禺路951号
邮政编码：200030　　　　　　　　　　　电　　话：021-64071208
印　　制：上海锦佳印刷有限公司　　　　　经　　销：全国新华书店
开　　本：710mm×1000mm 1/16　　　　　印　　张：16.5
字　　数：269千字
版　　次：2022年10月第1版　　　　　　　印　　次：2022年10月第1次印刷
书　　号：ISBN 978-7-313-27401-4
定　　价：69.00元

序一

蓬蓬的第二本书《我的行吟笔记》要出版了，真为她高兴！

蓬蓬出书的速度超出我的预期！

她的上一本《我的时光手札》在上海书展上发布的隆重仪式还历历在目：好友、亲朋、网友冒着酷暑济济一堂，他们表示祝贺时情不自禁地流露出羡慕敬意，排着长队兴奋等着签名时的踊跃好奇，那是蓬蓬的高光时刻，十年博客终成书，我们有幸一起为蓬蓬庆贺和骄傲。

当我拿着蓬蓬给我的第二本书稿进行翻阅时，我不禁为蓬蓬的速度叫绝。这些年她一边整理编辑着去过的世界风光，一边马不停蹄地继续在世界和中国的名胜古迹中深度跋涉：从自己做攻略，订机票酒店，邀集驴友，到深耕所有她能想到的细节。她除了继续保持每天一篇博客，还多了一份对传播的操心，从博客到微信的转移，从图文并茂到小美篇长视频的制作……蓬蓬已远不是那个走马观花、浮光掠影写游记的旅友了！

蓬蓬行吟的内容超出我的预期！

她怀着敬意走进亘古弥新的世界历史长廊，从人文到艺术进行深度挖掘：德国、意大利、瑞士的故地重游，她是为了追寻文艺复兴时代的起源和对世界文化的影响；从约旦佩特拉古罗马遗址到以色列耶路撒冷哭墙，她在探索不同民族的精神家园；在波兰奥斯维辛集中营博物馆前的深思和缅怀，让她领悟战争的残酷、法西斯的残暴。

她以好奇和发现之心去欣赏和探究大自然的美景：对世界三大瀑布从容观察，娓娓道来，展现了旷世胜景的同与不同之美；她笔下南美无与伦比的靓丽和险峻，挑战着人类的想象力；她书写非洲广袤原野的荒芜和部落的原生态，让人感受足够的壮美和狂野。

她用自己拳拳爱国之心，百折不挠地追逐对中国历史上有影响的重大事件：70多年前中国远征军的不朽抗日史可歌可泣；中国"天眼"屹立世界，对宇宙的前沿研究令人震撼。

她带着对知识的渴望和崇拜走进世界名校；与有着千年历史的牛津、剑桥大学亲吻拥抱，在著名的哈佛、斯坦福大学留下读书人的留恋和向往。

好动爱玩是蓬蓬的天性，喜欢旅游也就自然成了蓬蓬的一大爱好。从工作出差时忙里偷闲多看一眼的"山水游"，到节假日邀上同事好友结伴的"名胜游"，等到退休的那一刻，她为可以尽兴随性去周游世界而欢呼雀跃："世界那么大，我想去看看！"

普通常规的"跟团游"满足不了蓬蓬的好奇心，她想更快、更高、更深、更全地去认知自然界的奥秘和各处的风土人情，她期盼更自由随意地去探究源头，去发现规律，去希望未来！

她开始策划自己的旅游攻略，见识越宽，她的求知欲越强，在实践中失败越多，她的动力越足。在俄罗斯坐火车把快车票买成慢车票，耽误了大把时间的挫折让她更用心更仔细；她手机玩出新名堂，在加拿大旅行时用手机和司机一句句对话的经历，成了她提高英语的动力。

她筹划更换出行的装束工具，曾经推崇色彩鲜艳的休闲服，慢慢改换成了防潮速干的内衣、挡风遮雨的冲锋衣，连裤子都是旅行的拼接裤。

她旅行中的各种装备考究了，功能成了重点。从辨别方向的指南针到深夜探路的头戴电筒，从更快捷的手提电脑到长枪短炮的全套相机，还特地配备了无人机，已是花甲之年的蓬蓬通过培训，竟然拿到了无人机驾驶专业证书。她的整个行头、装备一切都是功能风。

一次次，一年年，一切在悄然无声地变化，蓬蓬以惊人的学习精神和能力实现从走马观花到精耕细作，从深度游到探险游的蜕变，她在不断超越自己的过程中成就真正的"旅游达人"。别人说"蓬蓬总是在旅行的路上"，蓬蓬说"其余的时间我都在做下次旅游的攻略"。政治经济，天文地理，吃喝拉撒，在如饥似渴的学习中，她逼着自己成为"全才"。旅行路上的"高人"都是她的老师，走一路学一路，她结识并建立友谊的"达人"不下百位！她在旅行实践中锻炼了自己的组织领导力、判断决策力，培养了难得的坚毅和果敢。退休后的蓬蓬在旅行中活出了新鲜，活出了成长！

我们都戏称蓬蓬是"战地记者"，不仅快捷而且满怀深情，好像她的新闻敏锐、敢说敢为是与生俱来的。2020年大年初一她来到外滩，记录了疫情中空城的上海；她参观上海张江的光源科技公司，又联系到贵州"天眼"，展示中国跨越时空探索宇宙的迸发；她去西藏、新疆、青海、云南，我们都能从她的博客中体察到新鲜、及时、真实、客观，我们敬佩她的神速，更为她探求真理、追求正义、崇尚正道的记者精神叫好！

《蓬蓬博客》是她的游记，为什么有那么多人爱看，愿意跟着"神游"？我觉得蓬蓬心里有网友有大家，她的所见所闻真实动人，栩栩如生，因为无论驻足何处，她总是起早贪黑，竭尽全力，多角度拍摄当地的景色和人文，记录着异国他乡的新老故事，当晚的博客又总是引经据典，谈天说地，进行深度报道，我们跟着蓬蓬"神游"，享受着奇妙世界的人间趣事。我感觉蓬蓬的视野宽了，格局大了，给的是满满的正能量，心中有梦想，下笔如有神！

跑遍世界84个国家和地区的蓬蓬看起来精力过人，秀外慧中，连眉宇间的笑容也多了几分端庄秀气，因为她站在最亮最高的地方，活成了自己曾经渴望的模样！因为行万里路中她找到了自己的"诗和远方"！

王佳芬

2022年4月6日

（王佳芬，光明乳业前董事长/总裁、纪源资本前合伙人、平安信托前副董事长、领教工坊企业家私人董事会领教。先后创建了上海女企业家合唱团和中国ShEO合唱团，任团长）

蓬蓬和王佳芬在北极格陵兰岛

序二

我和蓬蓬老师（施向群女士因为稍年长我几岁，所以我一直习惯地叫她蓬蓬老师）结缘最早是在 2014 年。当时她和中国 ShEO 合唱团的几位姐妹准备策划一次德国、奥地利、捷克的深度旅行，通过朋友介绍找到了我们"私家之旅"，我和同事欧阳小姐接待了她，和她一起详细商讨了行程的方案。和一般的旅行者不同，蓬蓬老师做事特别细致耐心，我们非常认真地探讨了整个旅行方案的初衷、设计理念，甚至就一些酒店位置的细节安排都做了认真的沟通，最终圆满地完成了这次旅行。从此，蓬蓬老师就成了我们"私家之旅"相识相知的老朋友，并开启了我们共同学习和成长的旅程。

古人一句"读万卷书，行万里路"让每个爱旅行的人都耳熟能详，世上的书读不完，必须一辈子刻苦勤读；世上的路走不完，必须一辈子努力实践，才能真正见多识广。从结缘到一步步地相知相识，我们也一起见证了蓬蓬老师的旅行成长之路。从一开始只是一名普通的观光旅行客，之后参加小众定制旅行，然后自己半自助自由行，到后来她自发一次次组织朋友们出行，在出行过程中既当领队又当导游，对全程景点、交通和酒店等信息了如指掌，成了一个不是旅游行业的资深业者，成了我们旅游从业者汗颜般的存在。我经常和她开玩笑说，私家之旅一直为你留了个特别的位置，欢迎随时过来办公。

蓬蓬老师给我留下印象最深的一次是在 2020 年 5 月的一天。彼时正值新冠疫情开始没多久，已经在城市里待厌倦的我和一批朋友正策划着一次穿越新疆大海道无人区的探险活动，蓬蓬老师当时正好也在。她听了后就说也想去，我们当时都很愕然，因为在大家的印象里，蓬蓬老师是一个看上去非常斯斯文文，甚至是有些柔弱的人，实在难以和冒险这种行为联系在一起。我就半开玩笑地对她说："这个可是无人区，只能宿野外，可能好些天还不能洗澡，餐食也不能讲究，吃饱就行。"她听后还是坚持说："我要去，你们怎么小看我，我可是走过八十多个国家和地区的人。"最终我们一起完成了这次大海道穿越，此事一直让我印象非常深刻。本次蓬蓬老师让我帮她的旅行新书写序的时候，我既汗颜又愉快地答应了。

蓬蓬老师在网易博客和微信公众号"蓬蓬的博客"，写下了2000多篇游记，透过文字我们看到了一位对生活充满热情却又严谨细致，不断在观光、行走、探索中升华自己的丰盈的灵魂，其实我们每个人的生命历程何尝不是一次真正意义上的旅行呢？无论在旅途中还是在生命的旅程中，都会面临一个又一个挑战。我们会感受到黑暗、孤单和恐惧，也会感受到自己的渺小和无助，但是我们依然前行，这就是旅人精神，蓬蓬老师正是其中的一员。

此书把多年的博客游记归纳整理，图文并茂地描述了蓬蓬老师旅途中的经历与转变。每一次出行她都认真记录下旅伴的名字，旅行中的难忘时刻，甚至旅途中碰到的困难以及遭遇的不测，都辅以大量的细节描述。每次出行的攻略与经验都总结得明明白白，蓬蓬老师视野之广、兴趣之浓，她的足履所蹈之处，有文化遗产、山峦河流、丛林村落、世界名校等等，不一而足，犹如在浏览一个五彩斑斓的旅行万花筒。和其他很多旅行丛书不同，这本书最大价值在于蓬蓬老师完整详细认真地记录了自己参团、自助、独行的过程以及经验和教训，相当于为很多旅行爱好者，或者即将踏上旅途的游人奉献了一本可以实践和实操的旅行教科书。

2020年初起，因为疫情，国际旅行被无奈终止了，但是我们和蓬蓬老师之间还有一场加拿大育空极光之约，就是自驾房车从温哥华到北冰洋的梦想，期待这个梦想在不远的将来能够尽早实现。

黄天游

2022 年 4 月 22 日

（黄天游，丝路文旅产业联盟联合创始人，途趣文化传媒总经理，西班牙中欧旅行社总经理，"私家之旅"创始人）

前言

自从 2019 年出版了我的博客书籍《我的时光手札》后，有很多人提醒，应该再出一本关于旅游的书。确实，在《我的时光手札》中，我没有把旅游部分纳入，就是想着以后再出一本旅游博客的书。只是当时感觉，我尽管去了 80 多个国家，但还有几个重要的国家和地区没有去到，例如：南极、埃及和印度，想等着这三个地方去完后，再写书。而且这三个地方都已经在我 2020 年的旅行计划中。

但因为新冠疫情的爆发，给出境游摁下了暂停键，旅行社团队游全部暂停，国际航线也都暂停。当然，即使可以出游，我也没有胆量。我原来预定的旅行计划便全部不能完成。曾经盼着一年后疫情会消停，但两年后，依然不尽所愿。于是我就不按原来计划走了，先把《我的行吟笔记》一书出版了。

出版这本书的目的，是想让读者知道旅行的魅力，把我的旅行感受分享给大家。

曾经有朋友问我旅行的动力所在，我想说，有的人或许是为了工作间隙休息一段时间，会去到不同的地方，调节场景、调节心情，顺便满足自己的求知欲望；有的人则是喜欢看大世界的各种风土人情，开阔眼界。而我走了这么多国家，还觉得没有看够看全，且我真真切切地想说，当一个人做自己喜欢的事情了，那种热爱就是欲罢不能，在所不惜，愿为这份热爱买单。

一般人的生活也许脱离不了习惯的圈子，往往用固定模式，走相同的路线，接触早已习以为常的人，缺乏改变生活方式的契机。当你想突破自我时，旅行则是一种能跳脱原本生活框架的最好方法。透过旅行可以让人接触到不同国度、地区的不同文化，拓宽眼界，这种旅行历练也能让自己有所成长。

旅行给了我许多美好的回忆，时隔多年，每一个回忆仍然清晰记得。况且每一次旅行不仅留在印象中，也留在了我的博客中。因此我的每一次旅游带来的回忆变得越来越厚，变得充实和快乐！

旅行可以修身养性。在海边看海的宽阔，听海浪的涛声，有利于释放自己的压力。

旅行可以增长知识。你会发现网上读再多的美文也感受不到置身其中、欣赏漂亮实景的微妙。

旅行可以增加友谊。旅途中可以认识不同的驴友，也可以改变自己，懂得接纳其他人的观点和想法。

旅行可以提升创造力。圣奥古斯丁说"世界是一本书，那些不旅行的人只读一页"。在不同的旅行环境中体验生活，可以认识新鲜事物，发现并挖掘自己潜在的能力。

旅行可以提高审美能力。在旅行中拍摄的每一张照片，都是时光的标本。每一张照片是用心、用影像表达世界，以镜头记录时代。

基于以上对旅行的感性认识，我开始整理新书的内容。尽管是现成的游记，但依然需要选择和删减。究竟是按照哪种形式出版？是按日期、内容？还是分各大洲？但最后还是根据自己的体会来分章节。

"怀着探索心态看世界"，是我对陌生的以色列、约旦的探索，对波兰奥斯维辛集中营博物馆的初识。通过对韩国和朝鲜两国的游览，让读者了解两国"三八线"所展示的内容。

在"冒着探险精神去极地"，讲述自己艰难登上世界第一奇观挪威布道石，跟随抗冰船去到北极、天空之镜玻利维亚时，展示了旅途中必须拥有的探险的精神。

"旅途中见识的风土人情"，是对各国人们的发现，例如：纳米比亚行将消失的红泥人、能够和狮子老虎争斗的非洲草原之王马赛族。尤其是在朝鲜平壤参加五一国际劳动节的 5 万群众大联欢，如此场面，让人震撼。

在"走进世界名校"，把去美国旅游时走进哈佛大学和麻省理工学院，以及在英国旅行时走进剑桥大学和牛津大学，分别在一个板块进行比较，有助于读者了解这 4 所世界顶尖高校的情况。

在"世界三大跨国瀑布",我把所到过的美国和加拿大的尼亚加拉大瀑布、巴西和阿根廷的伊瓜苏大瀑布、津巴布韦和赞比亚的维多利亚大瀑布三大瀑布归纳在一起,让读者可以一气呵成地了解三大跨国瀑布。

由于近年来开始自助游,个中体会和兴奋更是可以讲述。在"体验自助游的乐趣"中,我把几次比较隆重的自助游都纳入了书中。有和老同事们连续三年三次的自助游,去了荷兰、比利时、卢森堡、德国、奥地利、意大利、法国和瑞士等国,有一个人去加拿大和日本九州的出国游。

最后我也讲述了自己在旅途中遇到的困境,因为这也是旅行的一部分。我也相信,大家可能更关心旅行攻略的制定和装备的问题,所以,最后加了一篇《旅行攻略与装备》,供参考。

我对旅行的答案——"拥抱多元,珍惜当下"。

施向群(蓬蓬)

2022 年 6 月 29 日

2019 年 10 月 13 日,在米兰机场席地而坐写博客

在古巴北大西洋海域邮轮上

目 录

斯洛文尼亚卢布尔雅那

怀着探索心态
看世界

以色列、约旦之旅

在约旦佩特拉古罗马遗迹前

2014 年 2 月 1 日至 2 月 9 日，利用春节假期，我与中国 ShEO 合唱团的好朋友王佳芬、王安石夫妇和孙子王威琏，以及梅丽君、邵浪音夫妇等一起前往以色列和约旦旅游。

玫瑰之城约旦佩特拉

2 月 3 日，我们从约旦首都安曼坐车 3 小时来到了位于约旦安曼西南 250 千米处的佩特拉，参观古罗马遗迹。

百度百科

佩特拉为公元前 4 世纪—公元 2 世纪纳巴泰王国首都。位于约旦首都安曼南 250 千米处，隐藏在一条连接死海和阿卡巴海峡的狭窄的峡谷内。古代曾为重要的商路中心，厄多姆国的都城。1812 年以来陆续发现许多古迹，大都雕刻在一条深谷的岩壁上。

佩特拉古城（公元前 9 年—公元 40 年），是约旦南部的一座历史古城，它是约旦南部沙漠中的神秘古城之一，也是约旦最负盛名的古迹区之一。2007 年 7 月 8 日被评选为世界新七大奇迹。联合国教科文组织将其列为世界文化遗产之一。

约旦佩特拉

佩特拉遗址

佩特拉遗址的岩石带有珊瑚翡翠般的微红色调，在阳光照射下闪闪发亮。远观垒垒石窟构成的楼群，好似天上琼楼仙阁，尤其在朝阳和晚霞的照射下，整座城市就会变成玫瑰色，所以佩特拉又称"玫瑰红古城"。

罗马人所到之处，都会留下一座剧场。位于佩特拉的古罗马剧场，坐落于安曼城堡山脚下的老城区，建于公元2世纪。整个建筑依山而卧。剧场呈圆形，可容纳6000人。建造者在修建过程中充分利用了声学原理。不论坐在剧场何处，舞台上歌唱、朗诵、讲演的声音均可清楚地听到。

大力神威琏

也想试举

约旦佩特拉古罗马剧场

佩特拉遗迹中的哈兹纳赫殿堂

我的行吟笔记——蓬蓬博客

我们曾跟随合唱团分别到过意大利罗马的古剧场、庞贝古城的剧场和马耳他古剧场，所以看见罗马剧场特别亲切。

世界遗产委员会评价

佩特拉城位于红海和死海之间，它的历史可以追溯到史前时代，最初是由纳米泰人沙漠商队建立的，它位于阿拉伯、埃及、叙利亚腓尼基之间的交通要塞。佩特拉城一半向外突出，一半嵌入岩石中，周围群山环绕，山中道路蜿蜒，峡谷深深，是世界上最著名的考古遗址之一。古希腊建筑与古代东方传统在这里交汇相融。

（撰写时间 2014 年 2 月 3 日）

巴勒斯坦伯利恒：耶圣诞教堂

没有到伯利恒时，我还真没有听说过这个名字，而到了伯利恒才知道，这是一个全球数百万基督徒朝圣的地方。

伯利恒墙

伯利恒是巴勒斯坦南部城市，由于传说耶稣出生在此而闻名世界。这面被涂鸦的墙就是世界闻名的伯利恒墙。伯利恒墙高达四五米，用钢筋混凝土建造而成，墙上方还有一圈圈高压电网和电子监控系统。当导游说，马上坐车到伯利恒了，开始我以为是从以色列的一个城市到另一个城市。后来他越说越玄乎：为了安全起见不要拍照。难道不安全吗？看见车下有几个持枪的军人，司机在和他们交谈，气氛有点紧张。回看历史事件：1967年第三次中东战争爆发后，以色列占领伯利恒。1995年圣诞节前夕，根据巴勒斯坦同以色列达成的过渡自治协议，伯利恒回到了巴勒斯坦人的怀抱。所以这里有剪不断、理还乱的土地和民族纠纷。

巴勒斯坦伯利恒中心的马槽广场

进入伯利恒就是进入了巴勒斯坦。位于伯利恒中心的马槽广场，得名于耶稣降生的马槽。圣诞教堂（Church of the Nativity）被联合国教科文组织授予了"世界遗产"称号。

教堂的门，被封成一个一米余高的小洞口，据说中世纪欧洲十字军远征并占领伯利恒和耶路撒冷后，遭到当时阿拉伯人的殊死抵抗，为阻止阿拉伯骑兵长驱直入教堂，他们把圣诞教堂的大门用石块严严实实地封闭了起来。后来，

接踵而至的游客低着头走进一米高的教堂门

威琏在看"圣诞洞"

怀着探索心态看世界 | 9

为了便于教徒出入，才又在密封的原门上劈出了一个小洞。

里面的"圣诞洞"马槽所在地的十四角星，那就是耶稣出生的地方，银星上镶刻着拉丁文字："在这里，圣母玛利亚诞生了耶稣。"圣坛上空悬挂着15盏属于基督教各派并在不同时间点燃的银制油灯，昼夜不灭地映照着这块狭小却牵动十多亿基督徒的神圣角落。因为是一个很小的地方，我们请威琏去看看。

来到伯利恒，就是来到了巴勒斯坦。我按照习惯，买了三样东西，一是巴勒斯坦的钱币，二是给自己和好朋友朱莉寄回了明信片，三是买了也许是来自中国义乌的冰箱贴，来一趟巴勒斯坦不容易。

（撰写时间 2014 年 2 月 20 日）

以色列耶路撒冷哭墙

哭墙是为悼念故国或故人而修造的墙形纪念建筑物。世界上有两座哭墙，一座是位于中东耶路撒冷东区老城东部的哭墙；一座是位于美国华盛顿纪念碑与林肯纪念堂之间草地上的哭墙。耶路撒冷哭墙是耶路撒冷旧城古代犹太国第

以色列耶路撒冷哭墙

二圣殿护墙的一段，也是第二圣殿护墙的仅存遗址，长约 50 米，高约 18 米，由大石块筑成。犹太教把该墙看作是第一圣地，入口处分男女两扇门分别进入。

和以色列军人在哭墙

正当我们往哭墙走时，迎来了一大群军人。原来这里将举行新兵仪式，可见，他们把这里作为一个神圣而庄严的地方。

哭墙是庄严的、厚重的，也是沧桑的，凄凉的，古老的。犹太人相信它的上方就是上帝，让脑袋直接对着上帝是不敬的。所以凡是来这里的人，无论是否为犹太人，都一律戴小帽，如果没有帽子，入口处亦备有纸帽供应。

哭墙是犹太教圣殿两度修建、两度被毁的痕迹，是犹太民族 2000 年来流离失所的精神家园。历经千年的风雨和朝圣者的抚触，哭墙石头也泛泛发光，如泣如诉。祈祷者或拿着《圣经》，或以手抚墙面，或背诵经文，或将写着祈祷字句的纸条塞入墙壁石缝间。我写了一张"祈求和平，幸福人民"小字条塞进了墙缝。

我不信教，要理解犹太人心目中的上帝是很难的，但犹太人和全世界人民一样希冀和祈求和平。

（撰写时间 2014 年 3 月 14 日）

哭墙

祈祷者把祈祷纸条塞入墙壁石缝间

被战争洗礼的萨拉热窝

2017 年 10 月 5 日至 10 月 19 日，我和袁孟苓、王黎萍、崔莹、雷震超等朋友开启巴尔干半岛(塞尔维亚、黑山、波黑、斯洛文尼亚和克罗地亚五国)之旅。

10 月 7 日，出游的第三天。早上 8 点从酒店出发前往波黑，雨天路滑，还遇到了塌方，200 千米的路程，车行驶了大约 5 小时。

波黑是波斯尼亚—黑塞哥维那的简称，萨拉热窝是其首都。大约 5 小时后，我们进入了萨拉热窝市区，我赶紧坐到了前排副驾驶座上，想抓拍这座名城的一切。张导说：萨拉热窝老城很小，2 小时就可以走完。

萨拉热窝街头

1914 年 6 月 28 日，塞尔维亚民族主义者加夫里洛·普林西普，在萨拉热窝这座桥的北面，暗杀了弗朗茨·斐迪南大公(奥地利皇储)和他的妻子索菲·霍泰克，这起事件是第一次世界大战的直接导火索。我们来到暗杀现场，桥头立有一座纪念碑，还有一座一战爆发博物馆。

奥地利皇储被暗杀的现场——拉丁桥

天主教会的耶稣圣心大圣堂

天主教堂外广场上涂抹着血迹

耶稣圣心大圣堂是波黑最大的天主教堂，建造于 1884 年至 1889 年间，是哥特式建筑。在教堂外面的广场上，人们根据留下的弹孔，用红色涂上去，以铭记血迹斑斑的历史。

当天游览结束后，张导说，因为我们乘坐的大巴无法前往，如果谁想去十多千米外的地方看萨拉热窝全景，可以打车去。我和严沪生、雷震超在张导陪同下前往黄堡观景台。

俯瞰萨拉热窝

站在黄堡之上，可以将整个老城区尽收眼底，萨拉热窝最大的穆斯林墓地也出现在眼前，一块块墓碑十分震慑人心。

萨拉热窝老建筑上留下的战争弹孔

下山后，我们让驾驶员去萨拉热窝新城转悠。看见了华为广告醒目地矗立在高楼屋顶，同时也发现了几幢老建筑上，战争留下的无数弹孔。在整个萨拉热窝城市，我们看见了很多这样布满弹孔的墙面，据导游说，他们根本没有办法去拆除或修缮，因为它需要一笔昂贵的费用。

百度百科

1992 年 3 月，波黑战争爆发。萨拉热窝爆发了一场现代战争史上时间最长的都市包围战——萨拉热窝围城战。塞族共和国军队（VRS）和南斯拉夫人民军（JNA）从 1992 年 4 月 5 日到 1996 年 2 月 29 日包围萨拉热窝，断水断电。后来还是联合国空投食品和物资，才使萨拉热窝市民度过了 3 年多的包围。

这一天对萨拉热窝的游览，目睹了这座古老的城市曾经的辉煌以及饱受战争创伤、历经战争洗礼的足迹。

（撰写时间 2017 年 10 月 8 日）

空中相会珠穆朗玛峰

从尼泊尔加德满都往不丹的飞机上

2018 年 11 月 17 日至 11 月 27 日，我开启了对尼泊尔和不丹的旅游。在尼泊尔到不丹的飞行途中，目睹了雄伟的珠穆朗玛峰。

11 月 24 日，出游的第八天。下午我们团队兵分两路，一路前往不丹，一路飞回祖国。

尼泊尔的导游提醒我们，从尼泊尔加德满都飞不丹帕罗，最好坐在飞机左侧靠窗，这样可以在空中看见珠穆朗玛峰。于是我在换登机牌时告诉航司工作人员，请给我们左边靠窗的位置，我们想看珠穆朗玛峰，她笑着点头。后来发现，本航班大约只有 30 人，几乎每个人都坐在了左侧靠窗。

百度百科

　　喜马拉雅是世界上最高大、最雄伟的山脉。它耸立在青藏高原南缘，分布在中国西藏、巴基斯坦、印度、尼泊尔和不丹等境内，其主要部分在中国和尼泊尔交界处。西起青藏高原西北部的南迦帕尔巴特峰，东至雅鲁藏布江急转弯处的南迦巴瓦峰，全长 2 450 千米，宽 200 ~ 350 千米。

在飞机上航拍喜马拉雅山脉

航拍珠穆朗玛峰

我准备了一个长焦相机，一部华为 P20 手机，时刻准备拍。飞机升空后，我们就开始关注窗外。我们问空姐，珠穆朗玛峰何时能看见？回答：广播里会通知的。

从飞机上看到的喜马拉雅山脉，海拔高度在 4 877 ~ 8 844 米。世界上有 14 座海拔超过 8 000 米的山峰，其中 8 座在中尼边界的喜马拉雅山区，包括珠穆朗玛峰、干城章嘉峰、洛子峰、马卡鲁峰、卓奥友峰、道拉吉利峰、马纳斯鲁峰和安纳布尔纳峰。这一系列超过 8 000 米的高峰高耸在天际，寂静地屹立着。

我们竖起耳朵，听 SAGARMATHA（尼泊尔称的珠穆朗玛峰）这个单词。大约飞行了 15 分钟，广播里传来了 SAGARMATHA。但面对连绵不断的喜马拉雅山脉，不知哪座山头才是珠穆朗玛峰。问坐在前排的王辰博士，他说是左侧的这座最高峰。我立即狂拍，此时，有一种无法形容的激动，终于见到你——雄伟的珠穆朗玛峰。

仅飞行 50 分钟，就从尼泊尔来到了不丹帕罗机场。我们四人为自己选择来不丹感到无比正确。尤其是这里的空气洁净，但感觉有点高海拔，看运动手表显示海拔为 2 400 米。

在不丹王国首都廷布

临出发时，有人问我，怎么想到去尼泊尔和不丹呢？那是几年前看到一个网上攻略，说在尼泊尔可以看见喜马拉雅山脉。而不丹是一个神秘之国，至今没有和中国建交，所以，国内旅行社没有前往不丹的旅游团，只能通过尼泊尔的旅行社办理。

因为怕高原反应，我至今都没敢去西藏看喜马拉雅山脉。现如今在空中近距离目睹了珠穆朗玛峰雄风，也算是走"捷径"了。王辰博士还写下了一首赞美诗，表达了我的心情。

发疯一样赞美你——珠穆朗玛

我太渺小了
——无法表达你的伟大！
我太卑微了
——无法形容你的崇高！
我太狭隘了
——无法描绘你的壮阔！
珠穆朗玛
今天你震撼了我！
珠穆朗玛
今天你灌顶了我！

（撰写时间 2018 年 11 月 25 日）

从韩国和朝鲜两侧看"三八线"

韩国一侧的"三八线"标志

我曾经于 2008 年 12 月、2009 年 11 月和 2015 年 11 月三次去韩国旅游，在 2015 年 5 月去朝鲜旅游，分别走近了韩国和朝鲜两侧的"三八线"，本篇把四次旅游博客整合在一起，去展现两国"三八线"上不同的场景。

百度百科

"三八线"是朝鲜半岛上北纬 38° 附近的一条军事分界线。第二次世界大战末期，盟国协议以朝鲜半岛上北纬 38° 线作为苏、美两国对日军事行动和受降范围的暂时分界线，北部为苏军受降区，南部为美军受降区。日本投降后，就成为同为朝鲜民族但政治体制不同的韩国和朝鲜两个政权的临时分界线，通称"三八线"。朝鲜战争结束后，在"三八线"的基础上调整南北军事分界线，划定临时军事分界线两侧各两千米内为非军事区，习惯上仍称其为"三八线"。按照《朝鲜停战协定》，"三八线"两侧的两国非军事区宽约 4 千米、长约 248 千米。

韩国和朝鲜的"三八线"横穿三座蓝色房子

韩国"三八线"处和平钟阁

在韩国一方，我们看见了这么几个场景。

和平钟阁代表韩国人民对和平的期盼。平台上还设有一座"拜祖坛"，那些骨肉分离、身在韩国不能回到北方家园的人们，每年祭祖时就会来到这里凭吊、祭拜。

开裂的地球正被人们推向闭合，意味着人们盼望着被一分为二的朝鲜半岛早日统一。

韩国"三八线"处一个半开的地球雕塑

2008 年 12 月在自由桥上

自由桥上的铜牌

自由桥上的祈福条

自由桥是 1953 年《朝鲜停战协定》签署后铺设，长 83 米，是双方交换战俘的地方。当时 12 000 多名战俘走过这座桥回到了韩国，当他们通过此桥时，呼喊着"自由万岁"，"自由桥"因此得名。许多亲属在朝鲜的韩国人到自由桥挂上自己的祈福，盼望有朝一日能家庭团聚。现在，桥的中间仍然被铁丝网隔开，无法利用此桥。

　　许多亲戚尚在朝鲜的韩国人到这里的自由桥上挂上自己的祈福，盼望有朝一日能家庭团聚。我们看见很多游客也在此写上了自己的祈福，那一定是希望和平，不要战争，早日统一。

　　还有一个朝鲜通往韩国的地道展览。1974 年 9 月，从朝鲜回到韩国的金富成供述，他曾参与了地道测量。于是，韩国在他所指的地理位置打了 1 万多个洞，以寻找朝鲜地道。1978 年 6 月 10 日，韩国军方突然发现有一根管道涌出水来，终于找到了地道。据推测，这样的地道共有 20 多条，全部通向韩国首都。而至今韩方仅发现 4 条，其中第三地道离韩国首都首尔最近，仅 52 千米。地道全长 1635 米，宽 2 米，高 2 米，其规模可容纳 3 万名全副武装的士兵在 1 小时内通过。

在朝鲜一侧的停战协定签署大厅

朝鲜语版的《朝鲜停战协定》　　　　　　　　英文版的《朝鲜停战协定》

　　在朝鲜一方是这样的场景。

　　朝鲜战争是以中华人民共和国及朝鲜方面胜利，联合国军失败而告结束。1953年7月27日朝中方面与联合国军的代表在板门店签订了《朝鲜停战协定》。签署大厅所有与双方代表团有关的设置和用品都是对称的、平等的。大厅正中并列着两张长方形的会议桌，为双方首席代表签字桌。会议桌中间是一张铺着绿色台布的方桌，供置放签字文本，方桌两侧双方各有两位助签人。两边的会议桌上分别立着朝鲜民主主义人民共和国国旗和联合国国旗。签署大厅墙上挂着当年谈判时的照片。

在板门阁旁的金日成纪念碑

签署大厅外是一座金日成纪念碑，基宽 9.4 米，碑宽 7.7 米，高度是 4.15 米，上书"金日成 1994.7.7."。金日成审阅完一份有关朝鲜统一的文件最后的手书，次日金日成逝世。隐喻着金日成活在世上的最后一天 1994 年 7 月 7 日，生日是 4 月 15 日。

7 月 8 日是朝鲜举国悲痛的日子。现在的朝鲜人，如果在 7 月 8 日出生，生日一律改成 7 月 18 日或者 7 月 28 日。据说这是民众自发的活动，表示不能在领袖逝世的那一天庆生。

在这里，听到朝鲜军人说：感谢中国人民志愿军当年对朝鲜的支持。我们全体热烈鼓掌！

2008 年 12 月
在板门店韩国一方和韩国军人合影

2015 年 5 月
在板门店朝鲜一方和朝鲜军人合影

（以上两篇博客分别撰写于 2008 年 12 月和 2017 年 5 月）

毛骨悚然的奥斯维辛集中营

奥斯维辛集中营博物馆

2019 年 9 月 3 日至 9 月 16 日，我和陈苏勤、王辰、鲍少菲、沈瑞华、袁孟苓等好友一起去了波罗的海三国（爱沙尼亚、立陶宛、拉脱维亚）和波兰旅游。其中最被震撼到的是纳粹德国为消灭犹太民族而在波兰建立的奥斯维辛集中营。

9 月 7 日，出游的第三天。今天真不能用旅游二字来表达，因为参观了被称为"杀人工厂"的奥斯维辛集中营后，心情特别沉重。

奥斯维辛集中营或称奥许维兹 – 比克瑙集中营和灭绝营是纳粹德国时期建立的劳动营和灭绝营之一，其遗址位于波兰南方的小城奥斯维辛，距波兰第二大城克拉科夫西南 60 千米。

当我走进这里时，也许是心理作用，感觉周围环境非常恐怖，也有驴友差点不敢进入参观。

来之前，我以为奥斯维辛集中营是个独立的整体营区，而实际上它可以被分成三个相互独立的营地：奥斯维辛集中营，奥斯维辛－比克瑙营，以及莫诺维茨集中营。它们都是德国纳粹分子修建的集中营。奥斯维辛集中营建于1940年，最初曾用于党卫军前线指挥部，也是关押波兰政治犯的拘留所，但很快就变成了德国纳粹分子对所有反对者的"最终解决方案"。如今，这里已经成为奥斯维辛集中营博物馆的主要展区。第二次世界大战结束以后，波兰政府维持了奥斯维辛集中营的原状，开放供人参观，不收门票。

在奥斯维辛集中营存在的4年多里，先后关押过数百万人，包括犹太人、波兰人、德国人和吉普赛人。有120万到150万人在这里丧生，其中犹太人占90%。

在纳粹德国统治下，囚犯最早被卡车运往集中营。1944年5月以后，建立了铁路直接抵达集中营。集中营的医生对被收容人以种族、宗教、同性恋者等分类，再以性别、年龄等基本资料，作初步的筛选。被收容人被初步筛选之后，立即被剃去头发、消毒、拍照建立档案，并在其身上刺上编号借以确认收容数量。被收容人的个人行李财物皆被没收，成为纳粹德国的战争资源。经过筛选之后，被收容人身上唯一的财物是他们身上的囚服。大部分犹太人、妇人、儿童、老人或是被判断为没有价值的人，会被直接送往刑场或是毒气室杀害。

在同一地方，右侧是现在的场景，左侧是当年难民下火车的队伍

在处理犹太人时，希特勒所用的方式，无论在哪个国家几乎都是一样的，都是先叫该国的犹太人登记身份，然后在他们的衣服上绣上黄色六角戴维之星的记号，让他们带行李举家搬至一城集中居住。以华沙为例，他们设华沙贫民区，筑起围墙，使犹太人与当地人分离，然后将他们分批运至集中营消灭。至于地区较远的犹太人，如希腊等地，秘密警察在登记之后，卖假的地产契约给他们，游说他们集体迁移到"更美之地"定居。因此这些不知情的犹太人，全部带着最贵重的家产"移民"，结果人死在集中营，金银细软饱了"第三帝国"的国库。

这里展示的"犯罪证据"（有些不能拍摄）让你无法想象。在一个很大的展示柜里，放着七吨各种颜色的头发，是德军从囚犯头上剪下，拿去织布用的。

装固体毒气的罐子

据导游讲："这些铁罐都是毒气罐，一罐毒气可以杀死一千五百多人，比用子弹杀人成本低。"

这里展示了当年的犯罪事实。

营内设有四个大规模杀人的毒气"浴室"、储尸窖和焚尸炉，一次可屠杀12 000人，配备的焚尸炉每天可焚烧8 000具尸体。当时这里的烟囱24小时

难民们使用过的茶杯

这么多鞋子意味着数百万的死亡者

毒气焚烧间的焚尸炉

毒气室墙上留下了很多难民临死前疯狂抓墙的指印

都在冒烟，不停地焚烧尸体。

　　当第二次世界大战快结束时，要送至毒气间和焚尸炉的人愈来愈多。秘密警察为了解决空间不够的问题，将附近的树林开辟成空地，从毒死的尸体上取下金戒指、耳环、金牙等贵重物后，再将尸体抛至空地大肆焚烧，骨灰则撒在池塘中，甚至就撒在树林里。

森严壁垒的奥斯维辛集中营

　　今天，只有身临其境"触摸"了 70 多年前那段血腥的历史，才能感受到当年的"杀人工厂"到底有多么震撼心灵！能够走进这处臭名昭著的"地狱级"景点参观的游客，必须具有一颗极其强大的心脏，如果心理脆弱，真容易在参观过程中崩溃到大哭。整个集中营博物馆的游览过程，是一种极强的教育体验，其感染力远远超出了书籍和影视作品。

　　参观结束后，我们走出奥斯维辛集中营的大门，看着外面的蓝天白云，压抑许久的心情一下子释然了，在此留影纪念，铭记历史，愿世界和平。

百度百科

　　100 万犹太人丧命——*奥斯维辛集中营是希特勒德国为实施犹太种族灭绝政策而建立的，惨死在该集中营的犹太人达 100 万左右。1940 年到 1945 年期间，从奥斯维辛集中营幸运逃生的人总数仅为 20 万。*

1.4 万条人发毛毯——1945 年 1 月 27 日，苏联红军解放了奥斯维辛集中营，在该集中营中发现了 1.4 万条人发毛毯。

幸存 7650 人——苏联红军解放奥斯维辛集中营的时候，只找到 7 650 名幸存者，其中有 130 名儿童。

7 000 纳粹警卫——在奥斯维辛集中营担任警卫的纳粹德军人数大约为 7 000 人，其中包括 170 名女纳粹成员。

每天屠杀 6 000 人——1944 年前后，纳粹德军对奥斯维辛集中营的屠杀达到了非常疯狂的程度，那时，几乎每天有大约 6 000 人被残忍杀害。

40 座集中营的总和——奥斯维辛集中营是纳粹头目之一希姆莱 1940 年 4 月下令建造的，是波兰南部奥斯维辛市附近至少 40 座集中营的总称。关押者波及 30 个国家——在奥斯维辛集中营被关押的大多数是犹太人，此外还有吉卜赛人，波兰、苏联等国的战俘以及包括中国在内的 30 多个国家的平民。

7.7 吨头发——苏联红军解放奥斯维辛集中营时，在该集中营发现了纳粹德军没来得及运走的 7.7 吨头发。可想而知，有多少人曾经在此饱受折磨，历经不幸。为了让这罪恶的行径不再重演，也为让后人记住这段历史，1979 年，奥斯维辛集中营被列入世界遗产名录。

1945 年 1 月 27 日，苏联红军解放波兰。

1947 年 7 月 2 日，波兰国会立法将奥斯维辛集中营旧址辟为殉难者纪念馆。

1979 年，联合国教科文组织将其列入世界文化遗产名录，以警示世界"要和平，不要战争"。

1995 年 1 月，在奥斯维辛集中营解放 50 周年之际，德国总统赫尔佐克访问奥斯维辛时，再次为德国纳粹的侵略暴行向波兰人民请求宽恕。

在奥斯维辛集中营博物馆大门口

（撰写时间 2019 年 9 月 8 日）

冒着探险精神
去极地

艰难登上挪威布道石

和马燕华在北欧

2013 年 6 月 8 日至 6 月 21 日，我和马燕华、姚政、肖傲霜、陆彦等朋友前往北欧自驾游，去了挪威和瑞典。其间，游览了挪威著名的松恩峡湾和盖朗厄尔峡湾，登上了全球最美奇观的布道石。

6 月 11 日，出游的第四天。今天的主要行程也是本次旅游的重要项目——登世界闻名的布道石。马燕华因为身体不适，没有参加今天的攀登。而我自己以为去了两次三清山，再登布道石应该没问题，实际上非常有问题。

我们预订的是早上 10 点的轮船。8:30 就从住宿地出发，顺便在超市准备了午餐。需要轮船摆渡前往。当我们在船舱里看见很多年迈的乘客时，觉得他们能够登布道石，我们也一定可以。但后来，走出船舱的仅有包括我们在内的大约 20 人，才知道这是一次探险式的登山。

来到布道石入口，看着这塌方式的路，我开始担心。确实，后来我们就是踩着这样的乱石路前行。我还是习惯地捧着笨重的 5D2 相机，准备时刻捕捉美景，开始时我还能拍摄些镜头，但是渐渐地，面对这些石头路，我们的速度和信心明显下降，很多地方是手脚并用。也许姚老师和肖傲霜觉得我和陆彦走得

登布道石的山路　　　　　　　　　　　　　　登布道石

太慢，交给我们一步对讲机，说：每过15分钟通一次话。但是，对讲机的覆盖范围只有两千米，很快，呼叫便没有了音讯。我和陆彦被拉下了，只能互相鼓励，继续攀登。我们不停地问下山的游客还有多少路？回答：你们只走了五分之一，我们彻底绝望。而此时，已经是14:00了，感觉饿了，但我们上午买的食品都在姚老师包里。断粮缺体能的节奏。

一家五口在登山

路途中，看见孩子和小狗也登山。想想也是，只要有脚，没有规定什么不能上的。孩子嘴里还嘟着奶嘴，佩服孩子的父母，从小锻炼孩子，更锻炼了自己。我对陆彦说：我们再怎么着也不能落在这五口之家的后面。后来，我们索性也不问时间了，因为问的话，永远说还有1小时。我对陆彦说：原来说需要2小时，我们大不了走3小时。而现在已经走了2小时，说明已经走过了大半。这时，陆彦的膝盖出现了问题，开始走不动了。我非常焦急，因为我除了膝盖还能出力外，脚也在抖。最后的一段路，我和陆彦是手牵手地互相支撑、共同攀登。现在回想，当时陆彦做攻略征求意见时，我说怕登山，但他们说，这是一个举世闻名的景点，不登可惜。我表态，只要你们去，我决不拖后腿。但问题是我们没有配备必需的登山装备，包括登山手杖。

在转角处歇脚

在布道石上

挪威布道石

登上布道石

　　布道石地处挪威南部，靠近斯塔万格市的吕瑟峡湾中部，是一块天然形成的巨石。突兀地直立于峡湾深处的崇山峻岭中，垂直落差 604 米，顶部有大约 625 平方米的平台。从远处看去，非常壮观。美国有线电视新闻网（CNN）旗下的旅游及生活网站 CNNGO，评出全球 50 处最壮丽的自然景观，布道石名列首位。

从布道石上看下去的挪威吕瑟峡湾

大约经过3个多小时，我们终于登上了布道石，与姚老师和肖傲霜会合了，而他们已经等待我们40分钟。我们立即从姚老师包里拿食品充饥，然后站在布道石平台上极目远眺。俯瞰峡谷中的吕瑟峡湾，蜿蜒的峡湾中漂浮着的游船，次第展开一幅风景长卷，那样的风景，真的不仅仅是壮丽可以形容，感觉没有白辛苦。但姚老师好像有点沮丧，他说：登上山见不到蓝天白云没劲了，并说10分钟就下山。我说：不行，好不容易上来了，得留一些照片。其实，我觉得，来这里真的不是看蓝天白云，更多的是锻炼和刺激。

　　16点35分，我们开始下山，回程的路途依然令人打颤。我提醒大家一起走，以便互相扶持，互相鼓励。大家带的饮用水已经喝完，姚老师就去接路边的山泉。有人说：上甘岭时，指导员让大家想想酸枣树。

　　经过2小时30分，我们终于到达山脚下。此时，踩在平坦之路上，好似睡在了席梦思床上。由于时间太晚，已没法搭上回程的轮船，但陆彦说还可以乘坐19点55分最后一班汽车。

　　有些风景注定只属于少数人——那些不惧艰难、一路向前的人；那些独具匠心、不走寻常路的人；那些勇往直前、热爱自然的人。我们热爱大自然，我们勇敢了，我们胜利了！

（撰写时间 2013 年 6 月 12 日）

神秘的北极格陵兰岛

"海精灵号"抗冰船

2016年5月29日至6月11日，我、王佳芬和王安石夫妇、朱莉、蔡宏等朋友开启了冰雪之旅——冰岛和格陵兰岛游览。

百度百科

　　北极圈是指北寒带与北温带的界线，其纬度数值为北纬66°34'。北极圈的范围包括了格陵兰岛、北欧和俄罗斯北部，以及加拿大北部。北极圈内岛屿很多，最大的是格陵兰岛。

　　格陵兰岛意译为"绿色的土地"(Greenland)，其80%的陆地都被冰川所覆盖，是世界上仅有的两个冰原之一，距今已经有1800万年了。巨大的冰川覆盖面积，使得格陵兰受到全球气候变化的深刻影响。格陵兰岛的冰盖已有十万多年的历史，约占地球所有淡水的8%。如果这些冰全部融化，全球海平面将会提高7.3米。

游船上的蒸汽浴缸

我们是在丹麦乘坐飞机，从哥本哈根机场来到格陵兰岛康克鲁斯瓦格（Kangerlussuaq）机场，然后登上游轮游览格陵兰岛的。我们乘坐的是波塞冬邮轮公司的"海精灵号"Sea Spirit 豪华游船，又可称为探险船或抗冰船。这是一艘奢华探险游船，拥有新颖现代的公共设施和优质的服务套房，佳芬姐夫妇被升舱到了设有私人阳台的套房，波塞冬公司给每位游客发了一件红色的防风保暖衣，让我们对寒冷的北极有了更多的防护。

"海精灵号"船上为我们服务的探险队员有很多女性，学历不是硕士就是博士，这里有历史学家、地理学家、生物学家、摄影家、音乐家、艺术家、皮划艇运动员等，他们都是因为喜欢探险来到了"海精灵号"。

我们5月29日登船，当天傍晚就开始安全演习，听到7次鸣笛警报声，我们立马穿上救生衣从房间来到集合点，再听到紧急鸣笛声，便来到船舱甲板上。安雅队长为大家讲解了很多注意事项，因为以后几天，经常是游船停在离开海岸有一定距离的海面上，游客需要乘坐橡皮艇短驳至船上。此时，探险队员会亲自把游客搀扶着上橡皮艇，但这里的搀扶不是手拉手，而是搀扶胳膊，分3步踩上踏板。探险队员给大家发放的防水长靴是用于湿登陆，也就是裤管和脚都得踩在水中时，需要大家穿上防水长靴和雨裤。

我们每天会去船上阅览室，首先把当天的航线在地图上标识一下，然后，阅读关于南极和北极的书籍，有很多中文书籍。而广播里也会时不时地提醒有

在船上阅览室

游船上的餐厅

鲸鱼了，大家可以去甲板观看。可惜每次等我去看时，已经不见鲸鱼了。布告栏中每天贴有日程、天气预报，还有一张是看见动物的统计表，游客可以在这里打钩，以统计在整个行程中有多少游客看见了动物。每天还会举办几场讲座，让游客可以了解更多的北极知识。总之，船上的团队把游客安排得有条不紊，既不让你闲着，也不让你忙碌。所有的微笑都是那么真诚。

介绍一下船上的餐饮。本船分别有来自 17 个国家的游客，包括英国、澳大利亚、泰国、爱尔兰、俄罗斯、丹麦、中国、美国、加拿大、秘鲁等，船长来自俄罗斯。我们 9 位中国游客被安排在插有五星红旗的餐桌上。也只有我们这一桌才有国旗，我看一旁的泰国人和其他国家餐桌上都没有，说明 "海精灵号" 对中国人很友好。另外，每顿自助餐都有米饭和粥，让我们几乎忘记了随身带着的方便面。咖啡厅 24 小时供应免费饮用咖啡和茶点。总之，本次餐饮对不适应西餐的我一点都没有影响。

6 月 1 日，出游第三天的凌晨 3 点左右，船摇晃得厉害极了，我明显地感觉到自己在床上摇来摇去，很多东西都从桌子上掉下来，有点害怕。这时我马上想到会不会拉警报？还想着救生衣在哪个位置？反正时刻准备起床。回想第一天演习时，蔡宏曾经说过，如果掉到水里不要游泳，因为这样会消耗体能，只需要穿着救生衣，静静等待救援。好像今天就会遇到世界末日了，但是后来想想，没有听说过在南极、北极旅游有翻船事故，所以又不去想了，就这么摇晃着让我比前天睡得更香。

今天小商品开卖。我买了一顶印有北极熊的帽子 25 美元，一个 "海精灵号" 造型的 8G 优盘 25 美元，一张明信片 3 美元。

在"海精灵号"船上

6月4日，在格陵兰岛的第六天，多云，气温4℃，海面温度3℃。我们来到了北纬69°13.843'，西经051°07.437'，登陆了伊卢利萨特（Ilulissat）。

格陵兰岛乌玛纳克

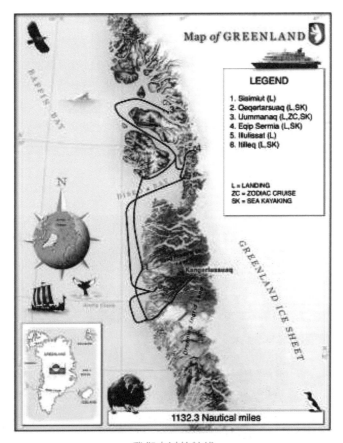

我们走过的航线

格陵兰岛的土壤

　　格陵兰岛有着十分丰富的自然资源，陆上和近海石油和天然气储量也相当可观，仅格陵兰岛的东北部就蕴藏着 310 亿桶的石油储备，这几乎是丹麦所属的北海地区储油量的 80 倍。格陵兰的铅、锌和冰晶石等矿藏具有经济价值。格陵兰岛也是世界最大的食肉动物——北极熊的家园，还有狼、北极狐、北极兔、驯鹿和旅鼠等，在沿岸水域常见鲸和海豹。格陵兰岛的植被以苔原植物为主，包括苔草、羊胡子草和地衣。有限的无冰地区除了一些矮小的桦树、柳树和桤树丛勉强存活外，其他树木几乎不见生存。

到因纽特人家里做客

　　格陵兰岛人口总数为 7.83 万，其中土生的格陵兰人占总人口的 80% 以上，外来的丹麦人约占总人口的 1/6。格陵兰人大多具有因纽特人（或称因努伊特人）的血统，但他们普遍与早期的欧洲移民混血。

　　上午 7:45 登上橡皮艇，首次看见了繁华的游船码头，探险队长安雅已经提前在伊卢利萨特码头等候。伊卢利萨特是格陵兰第三大定居地，人口约 4 000 人。

　　我们乘坐橡皮艇，穿行在冰川中。厚厚的白雪覆盖在水晶般澄澈的蓝冰上，奶油般洁白鲜亮，海面任鸟飞。可惜今天是多云天气，否则一定可以盈盈地透

伊卢利萨特码头

伊卢利萨特冰肌雪骨

射出深浅不同的蓝色光芒。我们曾经听到了一声冰裂声，那可是震天响。 所以安雅队长要求我们不能太靠近冰，因为冰裂时几乎地动山摇。

下午我们来到伊卢莉莎特机场，乘坐直升飞机看冰川。这是自费项目，费用每人 585 美元。都不远万里来格陵兰岛了，所有自费项目照单全收。其实，

直升机降落在一块平地上

空中俯瞰伊卢利萨特冰川

以后如果要来格陵兰岛看冰川，可以直接从丹麦飞到伊卢利萨特，因为这里是冰川的精华段。升空看冰川，随波逐流的冰块，看似无奈，其实灵动。

回程途中，我们游览了伊卢利萨特小镇，旅游商品店里有很多工艺品，如毛衣，海豹牙的饰品，但是价格很贵，海豹牙饰品好像不能带回国，我就买了北极熊图案的冰箱贴。

返回码头时，看见一片繁荣景象。有刚刚打鱼回来的人们，堆放的 2 袋白乎乎的东西，是海豹肉，可都是血淋淋的。

当地打鱼人的集市

返回"海精灵号"游轮，服务员为每位游客打钩确认，再送上一杯姜茶，真是贴心。

18:30 大家聚集在报告厅，安雅队长回顾展望。说到一半，她让大家赶紧往窗外看。我赶紧回到房间，拿起相机奔到甲板，尽情地拍摄落日下的漂移冰川，如此壮观，如此奇妙。

迪斯科湾的伊卢利萨特峡湾是世界自然遗产，又称为"雅各布冰川"（Jakobshavn Glacier）。这里也是每年产生最多冰山的地方。伊卢利萨特峡湾长 40 千米，从格陵兰内陆冰帽向西流到接近伊卢利萨特市镇的迪斯科湾。

2004 年伊卢利萨特冰湾被列为联合国世界遗产，也是北极圈唯一的世界遗产。

今天太满足了，海陆空齐上阵，360 度看伊卢利萨特冰川，欣喜之中，我共拍摄 2 000 多张照片。

夕阳下的漂移冰川

解答

北极寒冷吗？北极的极端低温是在 −70℃，但我们是 5 月份去，属于北极的春天，气温大约在 −10℃ 至 5℃，相当于上海的冬天。

乘坐的橡皮艇安全吗？由于都是有经验的探险队员为我们服务，他们有勇有谋，所以，我们一点都不会担心安全问题。

（撰写时间 2016 年 6 月 21 日）

西伯利亚蓝眼睛贝加尔湖

2017 年 4 月 21 日至 4 月 28 日，合着李健的《贝尔加湖畔》歌曲，我和朋友们前往俄罗斯的贝加尔湖。我们游览了贝加尔湖的主要景点奥利洪岛。

百度百科

    贝加尔湖位于东西伯利亚南部，在布里亚特共和国和伊尔库茨克州境内，介于北纬51° 29′ ～ 55° 46′，东经 103° 41′ ～ 109° 57′，湖总容积 23.6 万亿立方米（2015年），最深处达 1637 米（2015 年），是世界第一深湖、亚欧大陆最大的淡水湖。湖长636 千米，平均宽 48 千米，面积为 3.15 万平方千米，由地层断裂陷落而成，湖面海拔455 米，平均水深 730 米。

    贝加尔湖中国古称北海，有"西伯利亚明珠"之称，联合国教科文组织于 1996 年将贝加尔湖登录为世界自然遗产。

爬到湖边的高处

来到奥利洪岛

　　4月23日，出游的第二天，晴天，气温 –4℃至8℃。我们从伊尔库茨克来到了奥利洪岛。

　　奥利洪岛距离伊尔库茨克市中心约350千米，驱车5个多小时。在经过大片白桦林后，遇到一家休息站，这里有一个大自然厕所，上没有屋顶，下没有马桶，仅是茅坑，用厕人得千万看好了，否则一脚踏空，下面就是一个好大的粪坑。导游提醒，见着厕所不想上也要去上，否则下一站在哪里，还不一定呢。

奥利洪岛全景

来到了萨基鲁尔塔渡口，我们乘坐快艇去奥利洪岛，它是在冰面上行驶的。因为，贝加尔湖最寒冷的气候是 1 月份的 –20℃。而我们 4 月份去时，气温在 –10℃到 5℃，湖面还是有厚冰。趁着等待时，我爬到了一个最高处，下面可是万里冰川。

百度百科

奥利洪岛是贝加尔湖所有 27 个岛中最大的岛，长约 71 千米，宽处有 15 千米，面积约 700 余平方千米。奥利洪岛是 6-10 世纪古文化的最大文化中心，被认为是萨满教的宗教中心。如果说贝加尔湖是西伯利亚的明珠，奥利洪岛就是这颗明珠的心脏。这里有大量的自然和考古古迹、不同种类的生物群。

我们入住的奥利洪岛小木屋，全木质结构，环保又温馨。据说旺季游客有 1 万多人，这里一房难求。

入住奥利洪岛的小木屋

萨满教 13 根树桩挂满了彩带，一个彩带代表着一个祈愿，颜色不相同代表所祈求之事也不相同。这些缠满彩带的树桩，如今成了奥利洪岛一道独特的风景线。

（撰写时间 2017 年 4 月 23 日）

奥利洪岛上的萨满教地

奥利洪岛

奥利洪岛上缠满彩带的树桩

奥利洪岛北线之旅

4月25日,出游的第三天,晴天,气温–4℃至6℃。今天游览了奥利洪岛北线,来到了最北边的合波角。

本次驴友来自各方,有我的老同事朱刚,有我的老同学张耀华,有我合唱团姐妹陈苏勤和鲍少菲,有资深驴友姜琍珍和尹鸣,还有几位喜欢旅游的新朋友。例如朱刚的妹妹朱虹,姜琍珍的好友茹励君,张耀华的太太茹雅美,陈苏勤的好友黄驭卿、王辰。这团队看似被我散拼,其实是一批有互助精神的人。

贝加尔湖的湖水结冰期长达5个多月。我们4月份去时,既可以看见结冰的湖面,也可以看见被融化了的冰块,晶莹剔透,显现了贝加尔湖的清澈纯净。

有人看了我昨天博客中都穿着羽绒服,就觉得很冷。 其实这个季节出游真是时候,尽管不是摄影者最喜欢的1月底至2月初的蓝冰覆盖,或者是夏季的蓝色湖面。但是贝加尔湖一年四季都是景,只是不同的季节收获不同的美景。

（撰写时间 2017 年 4 月 25 日）

全体驴友

贝加尔湖蓝冰

在合波角

奥利洪南线

4 月 26 日，出游的第四天，晴天，气温 –4℃至 6℃，游览了奥利洪南线。奥利洪岛旅游线路分为北线和南线。通常游客仅走北线，而我们是南北线都去。

奥利洪岛雪山、冰湖和绒毯草地

王辰驴友是一位经济学博士，又是一位诗人，曾经创作了大量诗歌，并出版了几本诗词集。他也是本团的开心果。富有想象力的他，每次都会带给大家担心之余的惊喜。例如第一天来岛上独自外出，差点回不到酒店，第一个踩在冰上的人，第一个爬到制高点的人。这不，他看见了很多玛尼堆，也准备做一个。如果有人也去奥利洪的这个景点，请找找我们这个作品吧。

王辰（右）和地陪小马在做玛尼堆

这个岛上有一棵爱情树。这棵爱情树有一个美丽的传说。按当地风俗，两个州的人通常是不能通婚的，这时有一对相爱的恋人去求助族长。族长说：如果你们在这片土地上能够种活白桦树，我就可以成全你们的婚姻。因为族长知道，这片土地不适合种白桦树。最终，这对年轻人不仅种活了 2 棵白桦树，而且还合二为一，成为粗壮的白桦树。

爱情树下

现做鱼汤

今天途中的午餐是司机现场劈柴烧火制作的，让我们喝上了美味的土豆鱼汤。

一个小插曲：当地气温大约在 −10℃左右，少菲怕冷围了两条围巾，只是西伯利亚狂风把她美丽的哈马斯围巾从脖子上吹落湖里，让她心疼了好一阵子。

奥利洪岛

曾经作为流放犯人的西伯利亚，如今还是人烟稀少，被大自然渲染成了一幅水墨画。

今晚我们还举行了一场派对。耀华兄的一曲《贝加尔湖畔》拉开了晚会的序幕。我昨天就告诉大家今天有联欢，所以都有备而来，每一位都表演了节目。王辰朗读了自己写的诗歌，后来才知道，这几天他每天写诗。要特别感谢本次团队的全体驴友，刚开始时因来自各方（至少有 6 个方面朋友组成），互相之间不熟悉。但大家几乎不用磨合，互相谦让，互相关心，尤其是在奥利洪岛举行了娱乐派对后，更是亲如一家。

再见奥利洪岛

再见了贝加尔湖。在我们傍晚临上飞机时，终于看见了贝加尔湖的雨天，我们幸运这一路有阳光伴随。

再见了全体驴友。本次旅游是我多次旅游中非常尽兴、非常难忘的一次，不仅是贝加尔湖的自然风光，更是这个团队。

（撰写时间 2017 年 4 月 26 日）

看片会

2017 年 5 月 5 日，从贝加尔湖回上海的一周后，我们这群驴友又相聚在一起，举行看片会。我们借陈苏勤所在的北外滩高级写字楼办公室，分享了各自拍摄的照片，尤其看到精彩时刻，又回到了一周前的那些场景。看到我们在奥利洪岛举行的派对视频，差点又要载歌载舞一番。

看片会现场

大家也互相交换了照片，并准备做一本纪念册。我们相约本团队将持续性地开展活动，并一起出游。

真切感到，旅行回味是从旅途回来那一刻开始。

（撰写时间 2017 年 5 月 5 日）

《在贝加尔湖畔》纪念册出炉

2017 年 7 月 4 日，准备了 2 个多月的贝加尔湖纪念册终于出炉了。纪念册取名《在贝加尔湖畔》是因为我们的镜头都对准了贝加尔湖，我们的身影一直在贝加尔湖畔。

纪念册封面

　　我的御用设计师董春洁设计的纪念册封面封底，让人折服，也使人对贝加尔湖充满着向往。纪念册以图片为主，大家通过手机、相机，提供了珍贵的照片，汇聚了全体驴友的摄影作品，根据每天的游程排版。设计师对该纪念册设计用心用情，张弛有度。

　　王辰博士写了很多相关的文章，一篇《西伯利亚断想》作为前言，最后还是由王博士的诗歌《神性的贝加尔》结尾。

　　可见旅游又分事前准备、事中过程和事后回顾，从而可以把旅游的兴奋延长更久。

（撰写时间 2017 年 7 月 4 日）

空中迷城马丘比丘

云雾缭绕的马丘比丘

2019 年 2 月 23 日至 3 月 21 日，我与顾莉芳和吴杰夫妇、万燕芳、杜梅、鲍少菲等 6 人独立组团，前往南美的秘鲁、玻利维亚、智利、阿根廷、巴西等五国旅游。

2 月 27 日，出行的第五天，当地天气: 雨到晴，气温 7 ~ 16℃，海拔 2 400 米。我们来到了本次游程中最著名的景点之一马丘比丘（Machu Picchu）。

早上 6:30，我们乘坐专用巴士，1 个多小时就进入了马丘比丘。需要出示门票和护照，可见马丘比丘的进入像乘坐飞机那样的严格。由于昨晚下了一夜的雨，谭导特别担心我们中有人走一半路就回了。后来发现走山道，似乎没有那么费力。

百度百科

马丘比丘的历史发现: 16 世纪中叶，当秘鲁沦为西班牙殖民地后，民间就一直相传在茫茫的安第斯山脉中，有一座神秘的印加古城。300 多年间，探险家们多方寻觅，均无所获。直到 1911 年 7 月 24 日，美国耶鲁大学教授海勒姆·宾厄姆三世（Hiram

地陪谭导带着图片为我们讲解

Bingham III）被熟悉此地的本地人带到马丘比丘，发现了这座被白云和密林覆盖的高原城郭。考古学家无法得知它的原始名字，于是借用了附近一座山名，称其为马丘比丘。

马丘比丘在克丘亚语（Quechua）中为"古老的山脉"之义，也被称作"失落的印加城市"，是保存完好的前哥伦布时期的印加遗迹。

云开雾散后的马丘比丘

马丘比丘遗址

遗址中唯一的一棵树

皇家陵墓

马丘比丘狮子山

马丘比丘共有包括神殿、圣坛、公园、住宅在内的建筑 140 个，还有数量众多的喷泉和完整的水利系统。水渠和下水管道与灌溉系统巧妙相连，有学者证实，马丘比丘的灌溉系统设计可以让圣泉的水依次流淌过每一间房间。

印加建筑风格的无数小细节是使这座失落之城得以完整重现在世人面前的重要因素：门窗都是梯形的、拐角处全部磨圆，房间内的拐角都微微向内倾斜；连在一起的墙壁每一堵都不是完全竖直的，它们之间相抵连成排，石头之间的拼接如此精准，连一片玻璃都难以插进去。所有这些设计，使得整个结构更加坚固。

马丘比丘梯田

类似天鹅绒般绿色的阶梯，是马丘比丘长期保持在一起不可分割的一部分。其结构稳定了斜坡，防止了可能淹没城市的自然灾害，如滑坡和洪水。它们被设计用来吸收水并让水安全地流失到地下。梯田的高度不仅给庄稼提供了更多的阳光，而且保护它们免受水或雪崩的冲刷。

我们看见有很多工人在为马丘比丘进行修复。我不懂建筑，不知道如此古

马丘比丘在修复中　　　　　　　　　　　　　　为马丘比丘修复的工人

石头的建筑该怎么修复，也许是加固。而最让我感动的是，他们是用刷子去清洁石缝里的灰尘，精耕细作。

今天走了3个多小时的马丘比丘，有人把脚扭了，有人摔跤了。前者说明，马丘比丘的山路崎岖不平，台阶都是不规则的石头；后者说明，有人走累了，腿脚软了。

回到库斯科，让我们再次回到了3 300米的海拔，大家又感觉气喘不止，也有人出现了高原反应，没吃晚饭，不敢洗澡。也有的驴友来到秘鲁后，一直胃部不适，以至于没有食欲，我们都担心这样下去会缺乏营养，影响下面的旅行。看来南美之旅真需要应对高原反应。

（撰写时间 2019 年 7 月 27 日）

玻利维亚乌尤尼"天空之镜"

2019 年 2 月 23 日至 3 月 21 日前往南美五国旅游，包括秘鲁、玻利维亚、智利、阿根廷、巴西等国。驴友有顾莉芳夫妇、万燕芳、鲍少菲、杜梅。

入住盐酒店

3 月 2 日，出游的第八天，我们已经从玻利维亚拉巴斯来到了乌尤尼。当地天气：晴天，4 ～ 21℃，海拔高度 3 600 米。

来南美后，首先进入秘鲁，现在玻利维亚，所以一直处于高海拔，适应，也不适应。适应是每天还能吃点东西，不适应是大家的血氧饱和度都在 85 以下，远远低于 95 的正常值。

乌尤尼盐湖

乌尤尼盐沼位于玻利维亚波托斯的西部高原，海拔 3 656 米。第一位登上月球的宇航员阿姆斯特朗在太空遥望地球时，发现在南美洲西部有一处"白斑"，与不断流转的云层不同，"白斑"静止不动。经后人实地勘查，"白斑"的真实身份最终被揭晓，它就是玻利维亚的乌尤尼盐沼。

如果说我国青海茶卡盐湖是"天空之镜"，但这只是中国的"天空之镜"。真正的"天空之镜"实际上是指乌尤尼盐湖，乌尤尼盐湖的面积是茶卡盐湖的80 多倍。

我们入住乌尤尼盐湖上的盐酒店，顾名思义就是用盐砌成的酒店。盐在一定高温下，融化加入一些特殊材质，用模板定型冷却后变成了有模有样的固体，这些材料成了盐酒店的建设石材，包括房间屋顶和精致的床铺。住在盐酒店，就能方便地看到乌尤尼盐湖的日出和日落。据说整个盐湖只有 3 家盐酒店，旺季非常紧俏。

乌尤尼盐酒店屋顶

盐酒店内部

当我们从空旷美丽的乌尤尼盐湖走入酒店时，仿佛步入了一个雪白的童话世界，给人一种很特别的体验。我对着房间的天花板看了好久，还在想，难道这些都是盐做的吗？难道天花板是咸的吗？再看看盐床、盐柜，就差去用舌头舔一下了。

这几天遇到奇葩了。昨天傍晚满怀欣喜地去拍摄日落，结果快到目的地时，发现拿了很多东西，就是忘记带上相机，幸亏华为手机给力。今天早上5点去拍摄日出，我早早的把相机挂在了脖子上，生怕再忘记了，结果到拍摄地拿出相机，发现没有装电池。对于这个现象，最好的解释是被高原反应弄糊涂了。

（撰写时间 2019 年 3 月 2 日）

美爆了的"天空之镜"

3月3日，出游的第九天。天气：晴天，4 ~ 21℃，海拔高度 3 600 米。

据考证，数百万年前这里是一片汪洋大海，随着地壳不断上升，海水逐渐退去，留下一个个湖泊。所以，这一方纯白不是冰面，而是盐的结晶，仿佛来自另一个星球。

我们搭乘四驱越野车，犹如驰骋大海，天地相接，无边无际。乌尤尼盐湖每年 12 月至次年 3 月的雨季，形成镜面。所以，要看乌尤尼的天空之镜，就得在这 4 个月内。

乌尤尼的"天空之镜"

乌尤尼第一家盐酒店前

乌尤尼盐酒店

夕阳下的乌尤尼"天空之镜"

盐湖中的火烈鸟

我们首先来到了乌尤尼最早的一家盐酒店参观，酒店门口有各个国家游客的国旗，是为了说明这些国家的游客到过这里，如今这家酒店已经成为博物馆。

玻利维亚乌尤尼除了一望无际的盐滩之外，还有粉色火烈鸟、千年仙人掌、珍稀的蜂鸟以及完全由盐砖建造的宾馆，这使乌尤尼盐沼成为游客在南美的必游之地。

导游竟然安排我们在盐湖中野餐，方圆1千米内不见其他车和人，可见，乌尤尼盐湖之宽广。

在盐湖上野餐

随着太阳慢慢升起，远处的山头有点光芒露出了尖角，渐渐地把山峦照亮，形成一条光线，像自带光环一样。远处也带着点微红，似夕阳似朝阳，又像红丝带一样飘荡着，也荡漾在内心深处。眼前纯净的景色令人窒息。

下午5点，我和少菲在导游的陪同下，再次去盐湖看日落。谭导拿了2把椅子，我们三人手拉手，拍摄了一张心醉的画面。

曾经沧海如今盐田，一个被称为"天空之镜"的地方，一个接近天堂的地方。总之，我们在乌尤尼的3天2晚非常充实，几乎一直穿着雨鞋走在盐湖中。今天把谭导给我们拍摄的视频放到了几个微信群里，引来一片喝彩。

（撰写时间2019年3月3日）

火烧云的"天空之镜"

在乌尤尼"天空之镜"

| 我 的 行 吟 笔 记 —— 蓬 蓬 博 客

旅途中见识的
风土人情

马耳他戈佐岛的"蓝窗"

2013 年 10 月 27 日至 11 月 10 日，跟随中国 ShEO 合唱团前往马耳他参加国际合唱比赛，并游览了马耳他和塞浦路斯。

登上戈佐岛

马耳他共和国是一个位于地中海中心的岛国，有"地中海心脏"之称。戈佐岛 (Gozo) 是马耳他的第二大岛。10 月 30 日，我们就来到了这座美丽小岛。

戈佐岛

戈佐岛被许多美丽的蓝色海湾环绕，如朗姆拉、杜维拉、雪尔迪和马尔萨佛。在荷马的诗篇《奥德赛》中，戈佐岛是一个险峻的地方。而事实上，这里充满了静谧与详和，只有巴洛克风格的教堂和老石头垒成的农舍点缀在田野上，而奇异的地形和壮观的海岸线正等待着人们去探索。

马耳他巨石庙

百度百科

据考古专家发现，戈佐岛在 5 000 年前就有人居住。岛上的吉干提亚巨石（Ggantija）神庙遗址，据考证建于约公元前 3600 年前，比金字塔还早 800 年。目前巨石矗立，还保有当年的轮廓，拱门、巨窗、公母结构相接牢固。被称为"马耳他巨石文化时代的神殿"或"属于巨石文化时代的马耳他的神殿"，是马耳他在戈佐岛等地的著名历史古迹。其中杰刚梯亚神殿（巨石庙）是现存世界上最古老的神殿，其建筑结构之复杂，工艺之精湛，堪称奇迹。

世界遗产委员会评价

在马耳他和戈佐岛上发现了 7 个巨石庙，其中每一个都是独立发展的结果。最引人注目的地方莫过于公元前 3600 年（青铜时代）在戈佐岛上的詹蒂亚综合建筑，它展现出超人的建筑艺术。另外，对当时的建筑者来说，资源非常有限，考虑到这一点，马耳他岛屿上的哈格尔基姆、姆纳耶德拉和塔克西恩也可以看做举世无双的建筑精品。

合唱团在"蓝窗"前

位于德维拉湾的岩石门，又称"蓝窗"，外貌同桂林象鼻山类似。因猛烈的海浪千百年来冲刷石灰石而形成。两边有直径约 100 米的石墩，支撑着一个石盖，形成一个高约百米、宽约 20 米的"窗子"，从中可以看到对面蓝色的波涛。当我们来到海边，发现这奇特景观时，不由得赞叹大自然的鬼斧神工。即使我们全体合唱团员都站在"蓝窗"下，都无法说明人类可以和大自然抗衡。

（撰写时间 2013 年 10 月 30 日）

心碎，马耳他"蓝窗"坍塌了

2017 年 3 月 9 日，看见一则新闻——《马耳他景点"蓝窗"坍塌 外媒：心碎，令人悲伤的一天》。

立即想起了我们中国 ShEO 合唱团 2013 年 10 月份曾经去马耳他参加世界合唱比赛，目睹了马耳他戈佐岛（Gozo）"蓝窗"（Azure Window）的壮观。

"蓝窗"位于马耳他戈佐岛的拱形石灰石，为当地著名景点，每年吸引许多游客到访，同时不少影视节目包括美国 HBO 电视剧集《权力的游戏》也曾

戈佐岛上曾经的"蓝窗"

在这里取景。

　　据当地媒体报道，马耳他受强风吹袭，来往戈佐岛的小渡轮因大风停航。8日当天，一名男子目睹"蓝窗"塌下的情况称："当时蓝窗下方海浪汹涌，然后拱石突然便塌入大海。"这一著名自然地理景观从此消失世上。马耳他总理马斯喀特发文称，这一消息令人"心碎"。

戈佐岛"蓝窗"倒塌后，人们只能画一个框以缅怀

"蓝窗"留影

　　"蓝窗"是戈佐岛乃至马耳他最著名的景点，海风劲吹形成高度 40 米左右的门形拱崖，海水和天空从中映射，酷似一面深蓝色的窗，因此得名。"蓝窗"是马耳他的国家旅游形象代言。如今，人们只能画一个框了来缅怀地中海的"象鼻山"。

　　今天重拾那时那景，依赖心潮澎湃，仿佛又想起了在马耳他的一切。所以，旅游要赶早，不仅自己会变老，自然界也会摧毁美景，不可抗力啊！

（撰写时间 2017 年 3 月 9 日）

朝鲜平壤五万群众大联欢

2015年4月30日至5月3日，趁着五一假期，我跟随上海天天国际旅行社来到了朝鲜，分别游览了平壤、万寿台、开城等地。除了发现朝鲜的现状犹如我们国家40年前的境况外，最令人难忘的是金日成广场五万群众大联欢。

平壤地铁站内

5月1日，我们先来到朝鲜地铁站，体验朝鲜地铁。

平壤地铁始建于1966年，是在朝鲜领导人金日成参观了北京正在建设中的地下铁路系统后，在平壤修建的。在中国、苏联以及东欧各国的支援下，平壤仿照北京及莫斯科，建成了世界最深的铁路系统。地铁最深处达到地下200米，平均深度也达到100米，某些山区路段更深入150米。因此，除了交通运输外，地铁系统还有防空洞的功能，是特别为可能发生的战争所考虑设计的。各车站内都镶嵌着丰富多彩的壁画，描绘朝鲜的革命事件。

目前平壤共有千里马线和革新线两条地铁，我们乘坐的是千里马线，但对外国人开放的只有从复兴站到荣光站一站路。我们被安排乘坐第一和第二节的空车厢，也许是为了把游客和当地人分开。每节车厢还有一位当地男士坐着，好像一直看管我们似的。总之，在朝鲜旅游中，我们团队全程由两位朝鲜旅行社的人陪同。在大巴车上，女导游坐在第一排，男导游（我们认为是监管员）坐在最后一排。一路上，我们没法和当地人接近，不能兑换和使用当地货币。如果需要购买水果等，只能请男导游去购买，我们给他人民币结算。

乘坐平壤地铁

从地铁下来后，我们见到好几位穿着她们自己民族服装的美女出现，一下子为大部分朝鲜男士穿着的土黄色衣服增添了喜庆色彩。

当地群众幸福的笑脸

穿着节日服装的平壤民众

　　来到金日成广场，又见一群群穿着漂亮、打扮精致的朝鲜人走来，她们围坐在一起谈笑风生，全没有我们这几天游览中见到的当地人看见外国游客的拘谨神色。原来这里将举行庆祝五一国际劳动节群众大联欢，是5万人的大联欢呢。

　　晚上7点，联欢会开始。从扩音机里传来一位男播音员的声音，我们也听不懂。伴随着朝鲜音乐，全场开始舞蹈。每个舞蹈大约跳5分钟，跳完一个舞蹈全场鼓掌。其实，朝鲜最有名的是大型团体操阿里郎，共动用10万演员，每年8月至9月才有演出。

平壤金日成广场

平壤金日成广场五一群众大联欢

游客在观众席上

我们团队的人坐在观众席里　　　　　　　　马燕华融入现场舞蹈

　　观众席上有各国外交使节、外国游客，我们也被安排坐在了这里。我看大家似乎都被现场惊呆了。尤其是欧洲国家的游客，他们可能是第一次见如此庞大的舞蹈队伍。而我们有点阅历的中国人，则仿佛回到了 40 多年前的那个年代。驴友吴明玲激动地说，这个可以申请世界文化遗产。

和逢炜在广场旗杆下

随着群众联欢的推进，观众们可以走到广场共同舞蹈。我们团队里好多驴友纷纷下到广场，朱莉女儿霜霜也涌入人群翩翩起舞。而我和逢炜走到了旗杆台上拍照，这在国内，绝对不可思议。

朝鲜群众大联欢

能目睹 5 万群众大联欢，是我们五一节去的意外收获。现场不收门票，当然广场也没有门。5 万人的大联欢并没有多少保安，还可以让游客和朝鲜群众共舞，这时的朝鲜变得热情奔放。

晚上 8 点后，金日成广场上的人群自动闪开，广场上不留垃圾，体现了很好的素质。我们看见朝鲜人民脸上所洋溢出的喜悦和幸福感。

（撰写时间 2015 年 5 月 1 日）

纳米比亚行将消失的红泥人

2018年6月29日至7月26日，我跟随中国ShEO合唱团前往南非参加"第十届世界合唱比赛"，随后对纳米比亚进行了游览。

7月11日，来纳米比亚的第四天。当地天气：晴天，12～27℃。如果说前天的红沙漠令大家惊艳，那么今天的红泥人会令你惊叹，原来世界上还有这么一族。

辛巴族村里的几位男孩

我们从纳米比亚的斯瓦科普蒙德前往卡曼杰柏，当地向导特地在村口迎接我们。因为这样的地方，不是外地导游能够带团随便进入的。我们跟着向导，进入红泥人所在的辛巴族村落时，只见几位男孩向我们奔走过来。也许闭塞的小村落，被我们这些外来游客惊到了，互相都感觉看到了外星人。

兜售自己做的饰品

　　走进村里，只见在大约两个篮球场大小的空地上，围着建有三三两两约十来座茅草土屋，村民们在自家门口坐着。都是袒露上身的女性，我们看见她们觉得惊奇，她们看着我们见怪不怪。也许，她们已经适应游客的不断到来。

　　村民们看见有游客来了，立即围坐一圈，摆上当地的饰品向我们兜售。但凡穿上衣的都是外乡人。

辛巴族人的辫子

　　辛巴族是一个行将消失的原始社会族群，它是纳米比亚最具特色的传统部落。这个部落维持着 500 年前的生活方式，终年用红土混合黄油涂抹在皮肤上和头发上，因此一般称之为红泥人。由于一种神秘遗传基因的缘故，很多辛巴男孩在 15 岁之前就夭折了，导致辛巴人部落的男女比例严重失调，因此辛巴人的男女关系非常随意，三头牛就可以换一个老婆，但必须是一头公牛两头母牛。这里的男子一般都要娶三四个妻子来保证人口的繁衍，即使这样，辛巴族的人口仍然在锐减。

　　辛巴人 17 世纪从安哥拉高原迁徙至纳米比亚，一度成为非洲大草原上最为富庶和强大的游牧民族之一。但如今，他们依旧停留在原始状态，生活在远离现代文明的偏远地方，聚集在一个个孤立的小村落里，维持着 500 年前的生活方式和习俗。其独特的原始人文景观，实在令人惊讶。

　　辛巴人没有图腾，他们崇拜祖先、崇拜火，祖先和火是维系民族的精神核心。一个家族结成一个部落，一个村子基本就是一户人家。家族制是唯一的社会制度保障，家族长老，确切地说是长老团，掌管着一切，包括判定惩罚、经济规划、行政组织，不过头领一般都是女人，狩猎是辛巴男子的主要工作。

　　辛巴族女子常年袒露上身，身上的红色颜料是用一种采自山区的红石做成的。其制作方法很简单——把石料磨碎，然后加入水和从牛乳里提取的脂肪。这种颜料能保持一周不退色。她们这么做，一是为了抵御烈日暴晒，二是蚊虫不会叮咬。由于缺水，辛巴女人一生都不洗澡，一辈子都裹在"红泥巴"中。就连头发也要用这种"红泥巴"裹着。因此，辛巴族人的皮肤永远都是红色的。

学校门上的校牌

村里的学校

我们在村口看见了一所学校，其实就是一间房。门上贴着一张纸，上面写着："This is our school"，原来校牌可以如此简洁和原始。

教室内没有黑板，墙上挂着几张写有各种内容的纸，老师在为学生们讲课。我们发现老师倒没有那么原始，带着眼镜，着装漂亮。但愿她能把外面的现代信息传递给这里的学生，用知识改变这里的贫穷和落后。

校门口的捐款箱和出售的商品

学校还在门口放着一些当地的土特产和纪念品，一张小凳上还放着一个捐款箱，我们把带着的食品都留下了。

这几天来到纳米比亚，深深感受了这个非洲国家的古老和原始，从全球最古老的沙漠，到今天看见的辛巴族红泥人。不虚此行！

（撰写时间 2018 年 7 月 11 日）

非洲草原之王马赛族

马赛村族长弟弟在村口迎接我们

2018 年 6 月 29 日至 7 月 26 日，我跟随中国 ShEO 合唱团前往南非参加"第十届世界合唱比赛"，随后与合唱团姐妹朱萍、雷震超、易峥嵘、黄江宁等继续非洲之旅，前往了赞比亚、津巴布韦和坦桑尼亚。

7 月 21 日，出游的第二十二天，我们在张亦弛导游的带领下，走进了马赛族原始部落。

百度百科

马赛族主要分布在肯尼亚南部和坦桑尼亚北部的草原地带，相信万物有灵。马赛人至今仍生活在严格的部落制度之下，由部落首领和长老会议负责管理。马赛人盛行一夫多妻制，成年男子按年龄划分等级，蓄发编成小辫。

马赛人的装束很显眼，男人披"束卡"，实际上是红底黑条的两块布，一块遮羞一块斜披在一边的肩上。年轻妇女剃光头穿"坎噶"，颈上套一个大圆披肩，头顶带一圈白色的珠饰。她们的耳朵很大，有的大耳垂肩。马赛人鞋子是用牛皮手工制作的。

工具书上说，马赛人骁勇善猎（其实他们更善战，他们一度依靠武力统治东非相当大的面积达几个世纪之久），按照逻辑，马赛人生活在草原、丛林中，与野兽为伍，善

马赛人载歌载舞迎接我们

马赛族女人

马赛族人用牛皮手工制作的鞋子

于捕猎理所当然。但事实上，马赛人不仅不狩猎，甚至只是在庆典的时候才吃肉，而且从来不吃包括鱼类在内的野生动物，对自然的崇拜使他们远离了狩猎。马赛人的日常需要是由牲畜的奶和血提供的，他们口干了就拔出腰间的尖刀，朝牛脖子上一扎，拿根小草管就去吸，并立即用草药擦拭牛，帮助愈合伤口。马赛人认为牛群是神的赐予，他们鄙视农耕生活，认为耕作使大地变得肮脏。

马赛人居住的屋子

马赛人传统的屋子像倒扣的缸，开一个很小的门，人只能弯腰才能进去，这样，主人可以在家里方便地刺杀试图进入屋内的人。茅草屋是包括马赛人在内众多非洲民族的选择，但是在热带大草原上，这样的屋子根本抵挡不了日晒、雨淋和白蚁破坏。以至于非洲部落居民不停地盖房、迁居、补墙、换柱、加草。但是，他们中相当一部分人仍在坚持这种糟糕的房屋。我们进入了他们的茅草屋，里面漆黑一片，我用头灯照明才能看清楚里面。

我的头灯被族长喜欢，他向我索要，并用自己的手环交换，我答应了，还送上了配套的充电线，就是不知道马赛村里有没有电源。尽管他给的手环很不起眼，但我带回家时，意义完全不同，这里没有性价比。

我看见空地一树干上挂着一条蓝色布条，问族长：这是什么？他说：这是

和马赛族族长交换礼物

村旗。可见，他们也懂得，再怎么简约，也不能省略自己的信仰和图腾。

马赛勇士负责保护整个村落安全，等于村里的特种部队一员。村里族长的耳朵眼很大，有的大耳垂肩，马赛人生下来就扎耳朵眼，以后逐渐加大饰物的重量，使耳朵越拉越长，洞也越来越大。我问：为什么你们都是穿着这么鲜艳的披肩，回答：红色是警示，蓝色是幸运。

马赛族村旗

扎,小辫子的马赛勇士和族长

　　马赛传统规定,每个勇士必须杀死一只狮子才能成人。但因为肯尼亚政府为保护野生动物而禁止马赛人猎狮,马赛人只有在自己的牛群受到攻击时才选择杀死狮子。

　　来到马赛人小学,篱笆墙的屋内,墙上挂着一块破损且不完整的黑板,一位学生正站在黑板前做算术题。当孩子们看见我们时显得特别开心,在老师的带领下,孩子们为我们演唱了一首歌曲,我都来不及录像。感人的原生态歌声至今还在我耳边回响。

坐着的蓝衣长者是老师

学校破损的黑板

（撰写时间 2018 年 7 月 21 日）

伊朗粉红清真寺

　　2019 年 4 月 9 日至 4 月 20 日，和朋友一同去了神秘的伊朗。来时，很多朋友说，伊朗不安全，要注意。其实没来的人都有恐惧，只有来过的人才能体会这里既安全又漂亮。尽管被美国制裁多年，但人们的内心非常强大，对中国人特别友善。

莫克清真寺

4 月 11 日，出游的第三天。设拉子天气：晴，16 ~ 20℃。我们来到了位于伊朗历史文化名城设拉子的莫克清真寺，首先映入眼帘的是一个长方形庭院，中央有一方水池，水池旁摆满了鲜艳的盆花，整个庭院显得非常空旷。水池正前方是一个蜂窝状拱顶，上方是两座不高的宣礼塔，水池中倒影清晰可见。水池的两侧是对称的房屋，右侧是祈祷大厅，左侧是展示厅。纳欣导游介绍：但凡清真寺都会看见一个大水池，并不是为了看倒影，而是前来做礼拜的人们需要洗干净自己的手脚。

莫克清真寺

莫克清真寺始建于 1876 年，完工于 1888 年。因其外墙上彩釉色彩中以粉红色最为出挑，所以也被人叫做"粉红清真寺"。清真寺的大门是古老的木门，上面镶有精美的铜质花纹。而两扇门的图案还分男女，右边这扇用于敲门的是一根竖着的铜器，左边这扇门的图案是圆形的，男女各敲自己的门，里屋主人根据声音来区别来者性别。

莫克清真寺占地不大，但却坐拥着伊朗最优雅、最上镜的清真寺美誉，它宛若一位戴着面纱的少女，静静等待着你的靠近。

莫克清真寺内

祈祷厅的外部显得非常普通，外墙上依旧是蓝色彩釉瓷砖贴成的精美图案，一个个大窗户在外部被白单子遮挡着甚至显得有点丑陋。但走进室内之后，眼前的场景立即给人以视觉上的震撼。除了传统清真寺建筑的典型特色，它还拥有十分罕见的大型彩色花窗（一般在欧洲教堂多见），花窗过滤的阳光与室内彩色瓷砖、波斯地毯交相辉映，在内部营造出了一种似梦似幻的华丽光影效果，成为很多摄影爱好者心中的圣地。中间十多根斜蛇纹柱子撑起整个祈祷厅，每根柱子上都雕刻着复杂的图案。地上铺设着精美的波斯地毯，阳光透过彩色玻璃投射进来，光线被粉饰后洒在地毯上，达到了色彩与线条的完美结合。莫克清真寺也被称作设拉子的标志性清真寺建筑之一。

清真寺如此绚丽的内部我也是第一次见识，震撼、神奇、诧异。震撼是宁静中流露出深沉，神奇是自然中贯穿着宗教，诧异是信仰外还有追求。

纳新导游早上带我们来游览是非常专业的，因为此时，铺设着彩色的地毯被阳光投射，一时间我们都摆出各种姿势拍照留念，瞬间这座祷告厅的作用从宗教变成了艺术，人们的心灵同样受到洗礼。来到伊朗，女士被要求戴头巾，

阳光折射下的莫克清真寺

坐在莫克清真寺内

清真寺门口有专为女士准备的长袍。我们在这间祈祷厅呆了比较多的时间，除了拍照摄影，也在地毯上静静坐了片刻，感受难得优雅中的宁静。

另外关于伊朗需要多介绍一些，该国确实有一些特例。

因为受美国制裁，在伊朗的外国人无法刷信用卡，而只能使用现金。仅有好像一家卖地毯的和出售藏红花的店家，可以使用信用卡。所以我们在大巴扎购买时都使用美元现钞。

在伊朗无法看到国内的一些网络，看不到网易、搜狐和新浪等网站。我在伊朗想在淘宝购物，也无法支付。

伊朗的物价很便宜，一个很漂亮的工艺品也就 10～20 美元。我买的一套精美的盘子，仅 20 美元，而在国内淘宝上的价格都得加一个零。我们中收获最大的一位，购买了一个超大的波斯地毯，2 000 美元，而在国内就需要 6 万元人民币呢。

（撰写时间 2019 年 4 月 11 日）

走进世界名校

美国哈佛大学和麻省理工学院

英国牛津大学和剑桥大学

美国哈佛大学和麻省理工学院

在哈佛大学校门口

　　2011 年 5 月 14 日至 5 月 29 日，和好朋友黄宝华夫妇结伴前往美国旅游，游览了洛杉矶、拉斯维加斯、旧金山、纽约、华盛顿和波士顿等地。

　　5 月 26 日，我们来到了波士顿。这里是世界著名的大学城，我们对波士顿的游玩，主要是对波士顿附近的剑桥城内两所著名的大学——哈佛大学和麻省理工学院的参观。

　　哈佛大学（Harvard University），简称"哈佛"，享誉世界的私立研究型大学，著名的常春藤盟校成员，坐落于美国马萨诸塞州波士顿都市区剑桥市。哈佛大学建于 1636 年，比美国建国时间还早 140 年，是美国历史上第一所大学，坐落于美国马萨诸塞州剑桥市，是世界最有影响的大学之一，共培养出 8 位 美国总统（包括罗斯福、奥巴马等），48 位诺贝尔奖获得者，包括许多商业、金融、科技巨擘。哈佛大学被公认为当今世界最顶尖的高等教育机构之一。

哈佛大学的建立是由于当时的英国殖民者想在美国的土地上建一座大学，正因为哈佛大学的建立者当中有很多人都是剑桥大学的毕业生，哈佛大学所在的城市也就被命名为剑桥城。原来这所大学的名字叫做"剑桥学院"，哈佛大学现在的名字来源于 1638 年一位名叫哈佛的学院院长，这个院长去世时，将自己积蓄的一半和 400 本图书（在 1638 年，对一所建校只有两年、学生第一年只有 9 人的学校可不是小数目）捐赠给这所大学，后来经过议院的投票，决定将这所大学命名为哈佛大学。

参加毕业典礼的哈佛大学学生们

今天，当我们想走进哈佛大学参观时，发现哈佛大学门口走来一群群盛装礼服的人们，原来今天哈佛有毕业典礼，不对外开放。

我们只能在学校周围转悠。在哈佛大学旁的一个花园，有一尊哈佛先生的塑像，这个塑像虽然标注着哈佛先生的名字，但雕刻的并不是哈佛先生本人。由于当年没有照相机，哈佛先生没有留下任何影像资料，当后人计划修建这样一尊雕塑时也就没有了模板，只能在当时的哈佛大学里找到一位比较帅的学生作为雕刻的模特，顶替哈佛先生。什么都可以替代，也许这也是哈佛文化的一个组成部分。

哈佛先生塑像

哈佛大学校园

接着我们来到了不远处的麻省理工学院，这里没有毕业典礼的喧哗，更加宁静。

麻省理工学院校园

麻省理工学院（Massachusetts Institute of Technology，缩写：MIT）是美国一所综合性私立大学，有"世界理工大学之最"的美名。今天的 MIT 无论是在美国还是全世界都有非常重要的影响力，培养了众多对世界产生重大影响的人士，是全球高科技和高等研究的先驱领导大学，也是世界理工科精英的所在地。钱学森、贝聿铭、理查德·费曼、科菲·安南等都出自这所学院。

由于我们是跟团游览波士顿，所以对两所大学仅是走马观花。况且哈佛大学还是隔着铁栏看进去的。但是如此近距离地来到两所如雷贯耳的校园，让我感受到了世界名校的气场。

（撰写时间 2011 年 5 月 26 日）

英国牛津大学和剑桥大学

2015年6月28日至7月9日，与王佳芬、王安石夫妇及孙子王威琏，朱莉、王令愉夫妇一起前往英国和爱尔兰，参观了丘吉尔山庄、大英博物馆，走进了著名的牛津大学和剑桥大学。

牛津大学

牛津城

7月3日，我们走进了牛津大学。这是一所没有围墙的大学，英国人管牛津叫"牛津大学城"，因为整个城市构成了一个大学城，在牛津的地图上，找不到一个大学校园的固定地界，只有分布在各地的30多个学院。大学城里医疗卫生、剧院等公共设施一应俱全。

百度百科

　　牛津城是9世纪建立的，距今有1100多年历史，是英国皇族和学者的摇篮。大学城遍布各个角落的商业企业，使牛津这座古老的城市焕发了青春的活力。牛津是泰晤士河谷地的主要城市，传说是古代牛群涉水而过的地方，因而取名牛津（Oxford）。

　　牛津大学（University of Oxford）的各个学院有许多在13至16世纪之间创立。基督教会学院是1525年渥西枢机主教创建，作为培训主教的教会学院。牛津曾在内战时作为查理一世的临时首都，牛津大学在近代200年内产生了16位英国首相，以及诸多各界精英，如前英国首相爱德华·希思、前美国总统比尔·克林顿、前印度总理英迪拉·甘地、前巴基斯坦总理贝娜齐尔·布托、缅甸总理昂山素季、我国著名文学家钱锺书等。

牛津大学叹息桥连接着赫特福学院两端

　　叹息桥这座优美的地标建于1914年，是威尼斯陡峭拱桥的复制品，连接赫特福学院（Hertford College）两端。

　　导游说，英国的牛津和剑桥是平起平坐的两所世界著名大学。所以，经常会发生互相竞争的场面，不管是学术还是社会活动。这也许类似我国的北大和清华，交大和复旦。

（撰写时间 2015 年 7 月 3 日）

和朱莉在牛津大学校园

剑桥大学

7 月 4 日，我们来到了英国另一所著名大学——剑桥大学。

先说一个小插曲。在前往剑桥大学的路上，有三只天鹅慢悠悠地走着，把游客挡住。威琏想和它们合影，却反而被天鹅看中。小鲜肉被啄了一下，瞬间嚎啕大哭，最终影响交通的天鹅被保安用挡板驱赶。

白天鹅虎视眈眈地看着威琏的肉手

剑桥大学国王学院礼拜堂

剑桥大学内的"数学桥"

剑桥大学（University of Cambridge）成立于 1209 年，它和牛津大学齐名，二者为英国两所最优秀的大学，由于这两所古老的大学在办学模式等很多方面都很相似，故常被合称为"牛剑"（Oxbridge）。这里是伟大的科学家牛顿、著名哲学家培根以及包括查尔斯王子在内的多位王室贵族及六位英国首相、多位诺贝尔奖得主的母校。

为了显示国王的雄厚财力，学院建立之初就追求宏伟壮观的建筑，而其建筑群中最著名的当属国王学院礼拜堂，它耸入云霄的尖塔和恢弘的哥特建筑风格已经成为整个剑桥市的标志和荣耀。

学校本身没有围墙，也不见校牌。漫步中，我们不自觉地进入了剑桥大学校园，校内的河流被称为"剑河"（River Cam，又译为"康河"）。绝大多数的学院、研究所、图书馆和实验室都建在剑桥镇的剑河两岸。

百度百科

"数学桥"又名牛顿桥。相传这是大数学家牛顿在剑桥教书时亲自设计并建造的，整个桥体原本未用一根钉子和螺丝固定。后来，女王学院的学生为探究这座桥的奥秘，曾把它拆开剖析，但却无法复原，于是只好用钉子重新固定现在的样子。还有人传说，这是英国桥梁设计大师威廉姆·埃斯里奇（William Etheridge）在女王学院读书时的杰作。而且，他是在游历了东方以后，受中国桥梁的启发而设计的。据考证，牛顿是不可能建造这座桥的，数学桥建于 1749 年，而牛顿则于 1727 年辞世。只能说剑桥人对牛顿太过钟爱，总是把很多的故事与他相联。实际上，这座桥是由詹姆斯·小埃塞克斯根据埃斯里奇的设计建造的。它展示出现代钢梁桥的雏形，其桥身相邻桁架之间均构成 11.25 度的夹角。在 18 世纪，这种设计被称为几何结构，所以此桥得名"数学桥"。

剑桥大学也有叹息桥，它位于圣·约翰学院，建于 1831 年，连接了该学院的老庭与新庭。它类似一座廊桥，分上、中、下三层。下层是半个椭圆形的桥孔，横跨在剑河上；中间是一条长廊。与其他长廊不同的是，它的道面不是平直的，而是拱形的，行人过桥要上下坡。桥的两边是半封闭的，相互对称的是五对用钢筋拦护的拱顶水泥框架的玻璃窗，用来采光；上层是平顶，类似一般水泥大桥的桥面，顶面的两边均衡地耸立着相互对称的塔尖状装饰。整座桥身的外观呈浅黄色。叹息桥是剑桥大学所有的桥中最有名的桥。

徐志摩也曾留学剑桥大学。1928 年的秋天，徐志摩最后一次重访英国剑桥

剑桥大学叹息桥

（旧译康桥），乘船返回中国，途经中国南海时，留下名诗《再别康桥》，把剑桥的景色和缅怀之情融入诗中，表达告别剑桥的淡淡哀愁。诗中一句"轻轻的我走了，正如我轻轻的来"也成为中国家喻户晓的经典名句。

佳芬姐和她孙子威琏在剑桥大学

在剑桥大学

从 20 世纪初就开始有中国学生到剑桥大学留学。佳芬姐的孙子威琏开始犹豫不定了，过几年到底是去美国的哈佛大学还是去英国的剑桥大学留学呢？

把世界著名大学作为旅游资源，是一个非常棒的旅游创意。今天有国内朋友知道我来到剑桥大学，觉得我好幸运。确实，几年前去美国波士顿时还去过哈佛大学和麻省理工学院，去旧金山时还去过斯坦福大学，好像我成了著名大学的访问学者。

（撰写时间 2015 年 7 月 4 日）

在古巴

世界三大
跨国瀑布

美国和加拿大的尼亚加拉大瀑布

巴西和阿根廷的伊瓜苏大瀑布

津巴布韦和赞比亚的维多利亚大瀑布

美国和加拿大的尼亚加拉大瀑布

对于世界三大瀑布，我在 15 年里分别到过。2004 年 8 月和 2018 年 7 月的非洲之旅，2011 年 5 月的美国之旅，2019 年 3 月的南美之旅，2008 年 12 月和 2019 年 10 月的加拿大之旅。

从美国看尼亚加拉大瀑布

2011 年 5 月 12 日至 5 月 29 日，我和先生与老同事黄宝华夫妇一同前往美国东西部旅游，包括东部的华盛顿、纽约和波士顿，西部的拉斯维加斯、洛杉矶、旧金山等城市。5 月 25 日，游览了尼亚加拉大瀑布。

尼亚加拉大瀑布

在尼亚加拉大瀑布

百度百科

　　尼亚加拉大瀑布位于加拿大安大略省的多伦多和美国纽约州的交界处，是北美东北部尼亚加拉河上的大瀑布，也是美洲大陆最著名的奇景之一，平均流量 5 720 立方米／秒，与伊瓜苏瀑布、维多利亚瀑布并称为世界三大跨国瀑布。

　　从伊利湖滚滚而来的尼亚加拉河水流经此地，突然垂直跌落 51 米，巨大的水流以银河倾倒之势冲下断崖，声及数里之外，场面震人心魄。丰沛而浩瀚的水汽，形成了气势磅礴的大瀑布。一直以为大瀑布就是高山流水，只不过这个流水有点规模而已。但当亲眼见到尼亚加拉大瀑布时，对什么叫大瀑布、什么叫世界第一的大瀑布有了全新认识。震撼两字就是我对大瀑布的最新感受。

　　旅行社安排了自费项目：坐瀑布船、看瀑布电影。全队 50 人，仅我们 4 人没有参加自费项目。理由是：介绍瀑布历史的电影，可以通过 DVD 了解；不坐瀑布船是因为船会摇晃，不想晕船，再则瀑布船将会行驶至瀑布下面，人会被全身打湿。对于用瀑布淋浴的"奢侈"行为，我们显然没有足够的思想和物质准备。

　　由于今天游客较多，大部队看瀑布电影、坐瀑布船用了大量的排队时间，两个项目花去了 4 个小时。而我们 4 人反而利用这段时间走遍了沿线的各个观景台，拍摄了大量照片，挺满足。

　　原以为只有我们是华人旅行团，大部分是来自内地、香港、台湾的中国人。但在尼亚加拉大瀑布景点，一眼望去，几乎有一半以上是国内游客。这在以前根本无法想象，它体现了我国综合国力的增强和人民生活水平的提高。在我们团队中，有很多人是因为孩子在美国工作而来探亲的，有的是孩子在美国留学来参加毕业典礼的，如我们一行的宝华夫妇。另外就是纯粹来旅游的，如我们。

（撰写时间 2011 年 5 月 26 日）

在加拿大看尼亚加拉大瀑布

2019 年 10 月 4 日至 10 月 20 日，我独自一人开启赏枫之旅，前往加拿大东部的蒙特利尔、魁北克、渥太华和多伦多旅行。10 月 17 日，在旅居加拿大多伦多的老同事陆先生陪同下，通过平视、登高、走栈道等不同视角，看尼亚加拉大瀑布。

多伦多尼亚加拉湖滨小镇

我们首先来到尼亚加拉湖滨小镇（Niagara-on-the-Lake），这里具有欧式风情，古典优雅、恬静美丽，街道两边的建筑各具特色，被誉为加拿大最美小镇。钟楼之下埋葬着加拿大在上世纪第一、第二次世界大战中不幸牺牲的小镇当地士兵。

这里也有一家和魁北克古堡酒店同样品牌的酒店，Fairmont 旗下的威尔斯王子酒店（Prince of Wales Hotel）。这幢英式建筑建于 1864 年，至今仍完好地保持着原来的风貌，红黄相间的砖石外墙，历经百年风雨，依然色彩明快，在金色郁金香的点缀下，美似童话城堡。

威尔斯王子酒店

我们来到多伦多的尼亚加拉大瀑布，通过观景台、高塔和栈道，立体、全方位、近距离看瀑布，感受到了它的宏伟气势。这样通过平视、俯瞰到栈道的零距离，让我一次看够尼亚加拉大瀑布。

在加拿大多伦多看大瀑布

在高塔上看大瀑布

　　我几年前去美国看过尼亚加拉大瀑布，如今在加拿大这边看，也让我对美国和加拿大的尼亚加拉跨国大瀑布有了全方位了解。

（撰写时间 2019 年 10 月 17 日）

巴西和阿根廷的伊瓜苏大瀑布

2019年2月23日至3月21日，我与合唱团姐妹鲍少菲、顾莉芳、万燕芳等前往南美五国旅游，游走了秘鲁、玻利维亚、智利、阿根廷、巴西五国。

从阿根廷看伊瓜苏大瀑布

3月14日，出游的第20天，我们从阿根廷的布宜诺斯艾利斯来到了伊瓜苏。今明两天，我们将在阿根廷和巴西两侧看伊瓜苏大瀑布，想想都有点激动。

伊瓜苏大瀑布

大家顾不得被瀑布淋湿

百度百科

　　伊瓜苏乃土语，意为"大水"，与美国、加拿大的尼亚拉加瀑布和津巴布韦、赞比亚的维多利亚瀑布并称世界三大瀑布，也是世界上最宽的瀑布。它位于阿根廷与巴西边界上伊瓜苏河与巴拉那河合流点上游 23 千米处，为马蹄形瀑布，高 82 米，宽 4 千米，平均落差 75 米。1984 年，被联合国教科文组织列为世界自然遗产。

　　下午 1 点，我们进入阿根延境内的伊瓜苏国家公园，乘坐公园内的特色小火车来到了魔鬼喉咙瀑布观景台，被眼前山呼海啸的气势震撼到了。又遇上出游以来的第一个雨天，大家也顾不得雨水和瀑布打湿衣衫，我的相机已经被弄湿，少菲就用自拍杆手机拍摄，完全停不下来，兴奋点提到了最高。这时感觉，哪怕拍出来的照片有水滴，也成为需要的画面。

　　傍晚我们已经来到了巴西伊瓜苏这边，明天将前往巴西伊瓜苏看瀑布，换一种角度，全方位看瀑布的节奏了。

（撰写时间 2019 年 3 月 14 日）

在巴西看伊瓜苏大瀑布

　　3 月 15 日，出游的第 21 天。我们在巴西一侧看伊瓜苏大瀑布。

　　进入景区需要乘坐公园巴士，但因为我们是入住在公园内的酒店，旅行社的车子本身具有进入公园的牌照，便直接进入了。

　　伊瓜苏大瀑布由 275 个大小不同、景观各异的瀑布群所组成，成千上万条

酒店对面就是伊瓜苏大瀑布

河水以千军万马之势从各个小瀑布沸腾而下，令人感叹上帝造物及大自然的美妙。这里有不同层级的观景台，挤满了游客。导游说，自从1986年伊瓜苏大瀑布被联合国文教科组织正式选入人类自然景观遗产后，这里一年四季都吸引着世界各国众多游客。

　　瀑布的雄浑在身临其境之下，隆隆的水声里我们一转弯，一片片的瀑布群就映入眼帘，步道的尽头是巴西伊瓜苏最大的一个瀑布。由于昨晚下大雨，所以今天瀑布很大，可惜泥沙含量大，水泛黄。

　　为了全方位看瀑布，我们准备乘坐橡皮快艇看瀑布。前往码头，需要乘坐园内的车进入，再换乘吉普车，再乘坐索道。三次换乘后，在码头穿上雨披和救生衣。即使这样，回来也将全身湿透。由于忘记带手机防水套，所以我们都没有随身带手机和相机，整个过程也无法拍照。也好，我们可以专心冲浪了。当橡皮快艇穿越到大瀑布下面时，我们几乎屏住呼吸，挡不住倾泻而下的水，眼睛都睁不开了，更不用说看大瀑布了，就是寻找一下大瀑布淋浴的刺激罢了。整个过程，来回25分钟左右。船上有摄影师为大家拍摄，我们买了一张CD片，里面有我们的视频和照片。

　　本次旅行让我发现，自己的装备严重缺乏。例如，需要防水袋、防水手机套，

雄伟壮丽的伊瓜苏大瀑布

雄伟壮丽的伊瓜苏大瀑布

乘坐橡皮快艇看瀑布

在酒店登高拍摄大瀑布

还得添置一部防水照相机。幸亏导游事先提醒，我们都带上了一套干的衣服，码头有专门换洗的地方。回到酒店，赶紧喝上一杯姜茶。

回到酒店还不消停，我们又来到酒店制高点，发现窗台很高，少菲说：可以踩上去，她护着我，怕我"想不通"，一位老外把手机给我，让我拍摄。看来游客都是诚心诚意、全方位地想把伊瓜苏大瀑布尽收眼底。

最后说说博客传播效应。昨晚我们在阿根廷伊瓜苏中餐厅吃晚餐时，一位中国游客一直看着嗲妹妹（鲍少菲的昵称），后来她问少菲，你是不是嗲妹妹啊？原来她是看见我南美的博客了。今天在伊瓜苏大瀑布我们又遇见了。原来是我技校同学左玉敏把蓬蓬博客转发给了她的同事。

博客真奇妙，传播超神速。

（撰写时间 2019 年 3 月 15 日）

在酒店看伊瓜苏大瀑布

3 月 16 日，出游的第 22 天。由于住在伊瓜苏瀑布公园内的酒店，我们 7 点在谭导带领下，来到酒店对面看瀑布。因为公园 9 点对外开放，此时，只有几位住酒店的游客在瀑布旁。

在酒店大草坪上

在看台上翩翩起舞

顺便介绍一下我们入住的 Hotel Das Cataratas 酒店，这是巴西伊瓜苏瀑布公园内唯一的一家酒店，有近 100 年的历史。挂牌价大约 5 000 元，酒店提供非常优质和贴心的服务。房间里提供的具有巴西特色的人字拖鞋，可以被游客带走留作纪念。

清晨看伊瓜苏瀑布

今天早上的观景台，只有我们几位，即兴起舞，真把我们高兴坏了。所以么，住在景区内酒店好处多多。我们通过昨天和今天看瀑布，尤其是今天早上如高级首长般的清场，独自欢乐，那感觉不是一般地好。

（撰写时间 2019 年 3 月 16 日）

津巴布韦和赞比亚的维多利亚大瀑布

2004 年 8 月和 2018 年 7 月，我分别两次前往非洲，目睹了维多利亚大瀑布的壮观。这里主要说 2018 年 6 月 29 日至 7 月 26 日跟随中国 ShEO 合唱团前往南非参加"第十届世界合唱比赛"，随后和易峥嵘、朱萍、雷震超和黄江宁等 4 位姐妹继续非洲之旅，前往了赞比亚、津巴布韦和坦桑尼亚游览，尤其是津巴布韦和赞比亚的维多利亚大瀑布。

在津巴布韦看维多利亚大瀑布

7 月 16 日，出游的第 17 天，来津巴布韦的第二天，我们游览了维多利亚大瀑布。

欧洲探险家戴维·利文斯敦雕塑

维多利亚瀑布，又称莫西奥图尼亚瀑布，位于非洲赞比西河中游，赞比亚与津巴布韦接壤处。宽 1 700 多米（5 500 多英尺），最高处 108 米（355 英尺），为世界著名瀑布奇观之一。

维多利亚大瀑布是戴维·利文斯敦在 1855 年旅途中的发现，并最终以英国女王的名字维多利亚命名。入口处有一尊欧洲探险家戴维·利文斯敦铜像，以纪念这位探险家。

等待过无国界桥的卡车

维多利亚大瀑布横跨与津巴布韦和赞比亚，连接两国交界的是一座无国界桥，桥上被归属于无人领地，不属于两国中的任何一方，是一座有着 170 年历史的大桥。此桥为世人关注的是惊险刺激的极限运动——蹦极和索道滑行。我们看见很多推着自行车来回走在无国界桥上的商人，也看见排起长队等待过关的装满了铜的卡车。

维多利亚大瀑布的宽度和高度比尼亚加拉瀑布大一倍，平均流量约 935 立方米 / 秒（33 000 立方英尺 / 秒）。广阔的赞比西河在流抵瀑布之前，舒缓地流动在宽浅的玄武岩河床上，然后突然从约 50 米（150 英尺）的陡崖上跌入深邃的峡谷。主瀑布被河间岩岛分割成数股，浪花溅起达 300 米（1 000 英尺），远自 65 千米（40 英里）之外便可见到。

空中俯瞰维多利亚大瀑布

赞比西河美丽的日落

今天，我们不仅平视看维多利亚大瀑布，还乘坐直升机空中俯瞰，当无国桥和大瀑布一同展现在眼前时，那是不同一般的壮观。

紧接着，我们乘坐游船，沿着赞比亚河看两岸（赞比亚和津巴布韦）风景、看动物。

赞比西河方言意为"巨大的河流"。赞比西河全长 2 660 千米，流域面积135 万平方千米，是非洲第四大河流，也是南部非洲第一大河。

今天在津巴布韦这边，一天围绕着维多利亚大瀑布，陆上看、天上看、桥上看，真所谓对维多利亚大瀑布一天看个够。

（撰写时间 2018 年 7 月 16 日）

在赞比亚看维多利亚大瀑布

7 月 18 日，出游的第 19 天，我们在赞比亚利文斯通市再次观赏宏伟的维多利亚大瀑布。

赞比亚一侧的维多利亚瀑布

　　维多利亚瀑布，实际上是一个庞大的瀑布群，分为五段瀑布，分别被称为魔鬼瀑布、主瀑布、马蹄瀑布、彩虹瀑布和东瀑布，最后一段东瀑布属于赞比亚。瀑布的上游，广阔的赞比西河在流抵瀑布之前，舒缓地流动在宽浅的玄武岩河床上。在赞比亚段观瀑布，由于两岸悬崖之间的距离较近，看到的瀑布落幅更长，感觉更加壮观。全世界瀑布中，唯一被列入世界自然遗产名录的瀑布也在赞比亚这边。

利文斯通博物馆内

　　利文斯通博物馆，原名大卫·利文斯通纪念馆和罗德—利文斯通博物馆，是赞比亚最大和最古老的博物馆。博物馆有当地的历史和文物展品，包括探险家和传教士大卫·利文斯通的照片、乐器和财产。馆内极丰富又古老的藏品，让我们全面了解了人类的进化与文化的发展。

和赞比亚司机在一起

　　接着我们前往机场，去肯尼亚首都内罗毕。我们把中国 ShEO 合唱团的帽子戴在了这位和善的赞比亚大叔（司机）头上，也因此把中国 ShEO 合唱团名字留在了赞比亚。

（撰写时间 2018 年 7 月 18 日）

纳米比亚苏丝斯黎沙漠

体验自助游的乐趣

荷兰、比利时、卢森堡、
德国、奥地利之旅

2017 年 6 月 7 日至 6 月 25 日，我和外高桥的老同事们共 12 人前往荷兰、比利时、卢森堡、德国和奥地利五国。本次以自助游的方式出游，自己预订机票和酒店，购买火车通票。

准备

本次荷兰、比利时、卢森堡、德国、奥地利之旅是我所有出游准备时间最长的一次。从 2016 年 12 月初的行程确定，到 12 月 21 日购买机票，12 月 28 日购买火车 10 日通票。提前半年准备意味着机票和火车票的优惠，酒店的可选择性，而这恰恰是控制旅游费用的关键。

行程 上海浦东—荷兰阿姆斯特丹—比利时布鲁塞尔—卢森堡—德国特里尔—德国海德堡—德国罗腾堡—德国慕尼黑—德国菲森（新天鹅堡）—奥地利萨尔斯堡—奥地利哈尔斯塔特—德国慕尼黑—上海浦东。

也曾经想去柏林和科隆，后来发现距离太远，我也曾经搜集了德国的世界文化遗产资料，发现德国 30 多个文化遗产中大部分在慕尼黑周围，所以，就确定了以上线路。而奥地利是最后确定的，因为朋友都说萨尔斯堡和哈尔斯塔特漂亮，又和慕尼黑接近，所以纳入了本次行程。

机票 购买国外机票越早越便宜，我们从阿姆斯特丹进、慕尼黑出的机票仅4 516 元。而现在临近出发时买，来回机票约 9 000 元。

火车通票 通常自助游都要事先买好火车通票，以获得更多优惠和便利。荷兰、比利时、卢森堡因为离得近，就作为一个国家算，我们买了荷比卢和德国的 10 日通票。又因为欧铁的火车通票每年初都会涨价，所以，必须在 2016 年

12月底前购得，当时价格为320欧元，我们购买时正好有促销，优惠价280欧元，当时欧元、人民币汇率仅1：7.135，折人民币1 998元。2017年通票已经涨到了340欧元，今天欧元汇率1：7.634，这么两项一算，每人便宜了598元。

酒店预订 由于我们是拖着行李箱乘坐火车旅行，一定选择在火车站附近的酒店。我通常在Booking上同一个地方预订多家酒店，因为可以退订。出发前1个月，再梳理一下，最后留下需要的酒店。

预订门票 根据网上攻略，新天鹅堡门票需要事先预订。开始时，我在网上预订了门票，但恰好预留的邮箱发生了故障，于是第二天给了新的邮箱，又预订了一次，下午就收到了邮件，获得了PDF的预订单。其中说到，如果到时不去会每人扣除手续费1.2欧元。我忽然感觉第一次预订说不定也成功了，只是我收不到邮件。于是立即在网上取消了第一天的预订，次日，终于收到了取消的确认单，放心。

租借WiFi 由于本次出行的人数多，我统一办理了WiFi租借，每天每部机器使用费是34.9元。我们是6月8日半夜取件，通常是从6月8日这天算起，但是经过和淘宝店主咨询才知道，取件和还件都可以延迟一天。也就是说，我们6月8日和6月25日是在飞机上，可以不用付费，所以，我就拍了6月9日至6月24日的16天，而非原来的18天，按照每天每件34.9元算，2部WiFi机，立马省去了2 x 2 x 34.9 = 139.6元。

最后要感谢所有在我制作攻略过程中给予帮助的旅游大咖们，陈逸峰对游程的提醒，让我改变了原来从慕尼黑进、阿姆斯特丹出的路线。欧阳的"私家之旅"为我选定了汉莎航空和哈尔斯塔特的酒店。

所以，任何事情咨询请教，就可以获得更多知识和资源。

（撰写时间2017年6月7日）

"绿色威尼斯"羊角村

6月10日，出游的第三天。我们来到了荷兰阿姆斯特丹98千米外的羊角村。

从阿姆斯特丹前往羊角村，需要转车一次。我们乘坐8:42的火车前往，今天大家也开始启用10次火车通票。由于是活期的（可以挑选使用日期），必须在使用时填报。我们填了6月10日，8:42从阿姆斯特丹中央火车站到

羊角村

STEENWIJK 的羊角村火车站。

　　持有欧洲火车通票，上车不对号，选择空位坐就是了。我们 12 人来到了一节比较空的车厢，感觉包了一节车厢。这时检票员来查票，他友好地提醒我们，你们坐错了车厢。原来我们坐在了一等车厢，而我们持有的通票只能乘坐二等车厢。知错就改，立即来到了座位稍微次一点的二等车厢，但是此时我们已经享受了一等座 3 站路，挺不好意思的。

　　约 2 小时来到了羊角村 (Giethoorn) 的希特霍伦（斯滕韦克尔兰德）。根据 Google 导航，还需要乘坐 70 路车，在车站有一家华人开设的旅游公司，他们可以把我们用轿车送到羊角村，价格和公交 70 路车相同（每人 10 欧元），我们便跟着小车走了。

　　游览羊角村有三种选择，自行车、走路、游船。我们选择了乘坐游船，每条船每小时 15 欧元，我们 12 人两条船。水系不深，仅有 1.4 米。

　　羊角村又有"绿色威尼斯"之称，因为水面映像的都是一幢幢绿色小屋的倒影。小河两旁是度假别墅， 河岸就是人行道。

百度百科

　　羊角村位于荷兰西北方上艾瑟尔省的 De Wieden 自然保护区内。冰河时期 De Wieden 正好位于两个冰碛带之间，所以地势相对于周边来得低，造成土壤贫瘠且泥炭沼泽遍布，唯一的资源则是地底下的泥煤。居民为了挖掘出更多的泥煤块以外卖赚钱而不断开凿土地，形成一道道狭窄的沟渠。后来，居民为了使船只能够通过、运送物资，将沟渠拓宽，而形成今日运河湖泊交织的美景。

两艘船绑在了一起

我们租借了两艘船，王毅和大理分别掌舵两艘船。当准备原路返回时，发现河中有单行道标识，结果走到了浩瀚的北湖。在北湖中，大理的船发生了故障，船上很多人又不会游泳，我们就用绳子把两艘船绑在一起行驶，有难同当嘛。给船老板打电话，他说坏船不能动，要求停下，于是王毅把大家短驳到岸上。在岸上，我们遇见了一个中国旅游团，导游仅安排他们徒步 1 小时在村里转转。可见我们自助游的随意性。

驴友在羊角村

羊角村非常值得一游。我还是第一次看见这么壮观的水巷，相比威尼斯，我更喜欢羊角村乡村气息和清新的环境。

（撰写时间 2017 年 6 月 10 日）

火车上遇小偷

6 月 11 日，出游的第四天。上午游览了离开阿姆斯特丹以北 15 千米处的桑斯安斯风车村（Zaanse Schans），下午离开荷兰阿姆斯特丹来到比利时首都布鲁塞尔。在阿姆斯特丹到布鲁塞尔的火车上，出现了惊险一幕。

在我们上火车放行李时，一位男士故意把一枚硬币扔到地上，王毅用脚一踩，没有其他多余的动作。这位男士又拿出车票问王毅什么信息，另一位男士顺手把王毅放在行李架上的双肩包拿走，幸亏王毅及时发现，一把抢回。后来被列车长知道，来问王毅，是不是你的包包刚才被人抢过，王毅点点头。于是列车长马上下车叫来警察，还真把窃贼给抓住了。

王大理和王毅配合警察调查

在确认过程中，列车长曾经要大理和王毅留下配合调查，大理说我们是一个团队，行李都在火车上，于是列车长电话告诉司机等一下，结果这趟火车为了抓小偷而延误 10 分钟发车。

（撰写时间 2017 年 6 月 11 日）

马克思故乡特里尔

6 月 14 日，出游的第七天。我们从卢森堡到德国特里尔，乘坐 16:31 的火车，车程 50 分钟。选择来到特里尔，一是它在卢森堡边界，二是这里现存的古代建筑杰作于 1986 年被联合国教科文组织列入世界文化遗产，三是这里是马克思的故乡。

德国特里尔街头雕塑

百度百科

  特里尔位于莱茵兰—普法尔茨州西南部，摩泽尔河岸，靠近卢森堡边境。开埠于公元前16年，曾为罗马帝国四帝共治制时期西部恺撒（副皇帝）君士坦提乌斯一世的驻节地。特里尔不是唯——座声称历史最古老的德国城市，但它作为"城市"有超过两千年的历史，而不是作为殖民地或者军队驻扎地，在德国是最古老的。

  特里尔尼格拉城门，俗称黑城门，为古罗马时期的著名古代遗迹，是特里尔城市的象征，也是阿尔卑斯山以北保存最完好的古罗马时代城门。1986年与特里尔其他古罗马遗址及大教堂一起被联合国教科文组织指定为世界文化遗产。

特里尔黑城门

在特里尔马克思故居前

我们最热衷的是寻找马克思故居。由于故居不是景点，在导航中没有标识。经过几个来回，终于来到了位于特里尔市布吕肯街 10 号的马克思故居。这是一座灰白色的 3 层楼房，淡黄的粉墙、棕色的门楣和窗沿、乳白色的窗扉，是当时德国莱茵地区的典型建筑。

百度百科

　　马克思故居始建于 1727 年。1818 年，马克思的父亲亨利希·马克思律师租用了这所房子。同年 5 月 5 日，马克思诞生在这里。当年，楼上是马克思一家的住室，楼下是律师事务所。马克思一家在这里住了一年半时间。1928 年，德国社会民主党以近 10 万帝国马克从私人手中买下了这座当时已改为铁器店的马克思故居。以后将其改建成马克思、恩格斯纪念馆。1933 年，德国纳粹上台，故居被没收，文物被洗劫一空。直到 1947 年 5 月 5 日，马克思故居被辟为纪念馆开放。

来到马克思故居已是 20:30，大门紧闭，我们遗憾没能进入参观，但还是在这里逗留了许久。并在一旁的咖啡馆小坐，休息之余，我们一起讨论了很多问题。因为团队里大部分是中共党员，感觉在马克思故居旁过了一次组织生活。

（撰写时间 2017 年 6 月 14 日）

德国美丽小镇罗腾堡

6 月 16 日，出游的第九天。我们经过 4 次换乘火车，从海德堡来到了罗腾堡古城。

必须先从乘坐火车开讲。由于罗腾堡地理位置特别，没有主流车经过，从海德堡到罗腾堡有多条线路，但没有直达火车，还得转 4 次火车。如果从法兰克福方向转车，从海德堡到罗腾堡需要 4 小时 24 分钟。如果从斯图加特方向走，也需要 4 小时 17 分钟。但最终我们选择了从法兰克福方向走，因为得考虑每次转车时间。

早上 8:45 从酒店推着行李步行 10 分钟，来到了海德堡中央火车站，大屏幕显示 09:29 IC2374 到法兰克福的火车在 3 号站台，转车时间只有 14 分钟。所以到达法兰克福后，我们赶紧从 3 号站台，拖着行李到 7 号站台。幸亏火车

上下火车中

站有平地过道，我们顺利地完成了转车。

从法兰克福火车站到维尔茨堡火车站转车时间又很紧，也没有找到垂直电梯，没有斜坡路，大家只能提着行李上下台阶，从 7 号站台去 3 号站台。当我提着随身行李第一个来到 3 号站台时，列车员已经等在门口，也就意味着火车即将启动。我立即告诉列车员，我们还有很多人在后面，请稍等一下。当大家提着行李，气喘吁吁地上车后，火车立即启动。顺便说一下，发现国外的火车管理很人性化，当看见有人上车，他们一定会让旅客全部上车后再关门，而不会因为差几秒钟而阻止旅客上车。德国的火车乘客非常多，我们的行李几乎是见缝插针放置，大理更是因为要看着行李，而在火车中间的过道上站了一个半小时。

从维尔茨堡火车站转车时，发现换乘站台就在下车的对面（2 米），无缝连接，和前面一站形成鲜明对比。当我们乘坐最后一段 Steinach 火车站到罗腾堡火车站时，大家看着窗外几乎行驶在田埂上的火车，心情超好。

在旅途中乘坐火车是我们本次之旅的一项基本内容，这就是旅行。如果谁想体会德国火车，那么就来坐一天转 4 次车的旅行吧。

来到罗腾堡后，向入住的酒店老板要地图，他给我一份日文地图，我问：有中国地图吗？ 回答 :NO. 我就要了一份英文地图。

　　罗腾堡（*Rothenburg ob der Lauber*）直译就是陶伯河畔的红色城堡，它位于德国旅游的浪漫之路和古堡之路交汇之处，是德国所有城市中保存中古世纪古城风貌最完整的地区，也是最富浪漫情调的城市。由于没有受到战争的摧毁和修护，它保存良好的老城，完整地再现了中世纪的风貌，被誉为"中古世纪之宝"。

罗腾堡老城

罗腾堡古城墙上的栈道

罗腾堡的街道结构和建筑全都是童话中才有的红顶房屋、一道又一道拱形的城门、充满传奇色彩和古老印迹的护城墙、大大小小有36座之多的塔楼。陶伯河上游罗腾堡古城的城墙，由栈道搭建，环绕整个城堡。它在中世纪时的作用就是可以让兵士和市民可以抵达城墙的豁口处，用滚烫的沥青等浇下来，让攻城的敌人知难而退。如今，这个栈道已经成为观赏整个古城最好的步行通道。往西走，穿过城堡之门就来到了罗腾堡城堡花园。这里能俯瞰陶伯河谷，看河谷中绿意盎然，古老的房子点缀其间，流水潺潺。

罗腾堡老城中心地带的集市广场

罗腾堡不大，大多数景点位于市中心的集市广场附近。广场上的市政厅大钟除了准点敲钟外，还有表演，很多游客等待着，其实就如捷克布拉格钟楼的那种木偶表演。

（撰写时间2017年6月16日）

途中遇到大火

6月17日，出游的第十天，我们对维尔茨堡进行了游览，但是回程途中遇到了火灾，火车被迫停驶，最后我们颇受波折地回到了罗腾堡。

原以为游览了维尔茨堡就完成了今天的旅游计划，殊不知，真正的考验开始了。我们按照原计划乘坐 16:41 火车从维尔茨堡回罗腾堡，在 Steinach 转车。

火车被前面的大火叫停

但是，当火车开到 Ochsenfurt 站时，我们发现前面的天空熊熊浓烟。火车广播后，乘客们都提着行李下车，我们也跟着下车，列车长说：By bus（乘坐公交）。这时大约是 18:10，此时，所有乘客都涌到了火车站的巴士车站，大家不知所措。

等候中我做了几件事：

一是向中国驻德国大使馆求助，但是大使馆接电话的人让我打给慕尼黑领事馆，可惜传来的是德文语音，没有人接电话。

二是我给英国的朋友许光微信，请她帮助。许光给了我罗腾堡旅行社的电话，对方德语我们也听不懂，只能请站在旁边的当地人帮助听后翻译。回复是，这么晚了，出租公司无法派车从罗腾堡到这里（40 多千米）来接我们。

在德国 Marktbreit 火车站

大约 1 小时后，来了一队出租车，很多人都齐刷刷地上车，我以为他们是网络预订，没敢上。最后人都走得差不多了，我们才分两辆车，去到下一站的 Marktbreit。原来想请出租司机直接开车去罗腾堡，司机说：他们是被要求来救援的，只能短驳。我们也曾担心，分两辆车会不会到时人分散了，还担心下一站没有火车。当我们来到 Marktbreit 火车站时，看见一辆红色火车已经在此等候，估计是应急班车。我立即告诉乘务员，我们还有一辆车在后面，请她等 5 分钟，最终我们汇合在了这趟火车上。乘坐 2 站后，转车去罗腾堡，到达罗腾堡火车站已经是 20:30。

我们曾经想过今天无法回酒店，在事故地住宿。我想，如果是昨天转车 4 次，再遇到这样的情况，提着行李，那就更惨了。不经历风雨怎么见彩虹，大家为今天能够安全回到罗腾堡酒店而庆幸。

不过我们从中也领教了遇到困难时求助的无奈，而德国的应急很到位，派来的出租车是免费救援。

（撰写时间 2017 年 6 月 17 日）

被取消了的酒店

6 月 20 日，出游的第十三天。我们游览了位于德国新天鹅堡不远处的林德霍夫宫和楚格峰，并来到了奥地利萨尔斯堡。从 6 月 19 日慕尼黑这段行程，我们是包车游，因为这段行程乘坐火车不方便。

在向奥地利萨尔斯堡行进途中，我习惯性地打开手机 Booking App，查看预订的酒店，结果发现萨尔茨堡酒店找不到了，这可把我急坏了，怎么可能呢？给酒店去电，对方的英语太快我也听不懂。大理的英语是我们这里最棒的，他大约听明白了，意思是曾经在我信用卡里扣款，结果余额不足，就把我们的预订取消了。于是我忽然想起前几天在卢森堡时，曾经接到一个来自奥地利的电话，我一听是奥地利酒店，就说 OK。现在想想，应该是问我，扣款没有成功，你是不是取消订单？而我还一个劲地 OK、OK。另一个原因是，我半年前预订的酒店留着我原来的电子邮箱，而这个邮箱就在我本次出国前一天坏了。估计Booking 给我邮箱发确认信息，但我无法收到。

幸亏这一段我们是租车旅行，请老外司机听电话，他和酒店说了很久，终于 OK 了。到了酒店才发现，酒店已经没有 6 间房了，他们为我们预订了附近一家酒店 2 间标房。所以，今晚我们 12 人分别入住了 2 家酒店。

不过这事也提醒我，以后出来时，把信用卡欠款先清零，那么在旅途中就不会发生这样的事情了。所以刚才在途中，我用手机银行把该还的款都还上了，晚上的酒店照样可以刷卡了。

（撰写时间 2017 年 6 月 20 日）

奥地利美丽小镇哈尔施塔特

6 月 22 日，出游的第十五天。我们游览了奥地利美丽小镇哈尔施塔特。

顺便介绍一下哈尔施塔特的地理位置。曾经看着这么大的一个湖泊，不知道把酒店预订在哪个位置。后来"私人定制"的好朋友欧阳替我预订，她说，哈尔施塔特小镇上的酒店在 3 个月前已经预订一空。她为我们找到了位于上特劳恩的"湖畔之家酒店"。

上特劳恩"湖畔之家酒店"非常漂亮，尤其是早餐的餐桌正对湖面，一天

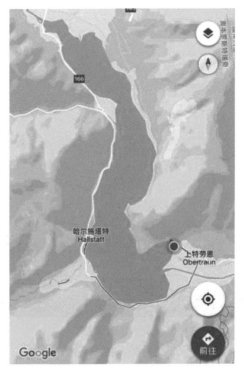

哈尔施塔特地图

在奥地利哈尔施塔特"湖畔之家酒店"

的好心情从早餐开始。去对岸哈尔施塔特小镇的船码头就在我们酒店隔壁。每一小时一班船。我们也可以让司机开车 10 分钟去小镇，但是想想，乘坐摆渡船

在"湖畔之家酒店"用早餐

摆渡中看哈尔施塔特

去对岸，应该可以在湖中看美景。果然一出弯道就能看见哈尔施塔特全貌。

　　哈尔施塔特是奥地利上奥地利州萨尔茨卡默古特地区的一个村庄，位于哈尔施塔特湖湖畔，海拔高度 511 米，小镇仅有 900 多居民。小镇被著名的盐湖区萨尔茨卡默古特包围，是奥地利最古老的小镇。

哈尔施塔特明信片照片

奥地利哈尔施塔特盐矿入口的石雕

"哈尔施塔特"另一意思即"铁器时代早期"，人们在这里发掘出了具有重要考古价值的文物，证明早在 2500 年以前这里就存在着相当发达的文化，确定此处为欧洲铁器时代的发祥地。我们去参观了盐矿，每人 30 欧元，需要乘坐缆车。这里是世界上最古老的盐矿，拥有 7000 多年历史，也是哈尔施塔特最有名的景点。所有进入盐矿的游客，都得穿上绿色工作服。进入寒气逼人的盐坑深处，一路上有导游讲解盐坑的历史，可惜是英语的。整个盐矿内的展示颇具深度和科技含量，参观需要 3 小时。

在盐矿高处俯瞰哈尔施塔特湖

　　今天对哈尔施塔特的游览，我们不仅看见了明信片的风景，也游览了著名的盐矿，收获好大。哈尔施塔特的美在于可以找到从哥特式、文艺复兴式、巴洛克式到现代建筑的踪影，环球旅行家 Alexander von Humboldt 称赞哈尔施塔特湖是"世界上最美丽的湖泊"。

（撰写时间 2017 年 6 月 23 日）

回国和结语

6月24日是我们回国的日子，也结束了18天的荷比卢德奥五国之旅，需要总结的地方很多。

值得肯定的是：

团队非常棒。是我自助游以来最好的一支团队。因为大家都是老同事，而袁孟苓和王黎萍也很快融入了这个大家庭，和谐氛围处处体现。我的老大哥孙总几乎每天用鼓励的话语来总结当天的活动。例如：在卢森堡提前下错公交站了，他说，正好多玩一个景点。

游程计划比较合理。既有皇宫、教堂、欧洲小镇，又包含着文化元素，例如：去了马克思故乡德国的特里尔，去了雨果故居卢森堡的菲安登小镇。

应对了困难。其间遇到了火车小偷和路途火灾，大家都能机智和果断应对。

值得完善的是：

WiFi的合用问题。四人合用一部WiFi有点累，如果是一家人（一个房间）有一部WiFi就更方便。

转车的问题。海德堡到罗腾堡换4趟火车，说明我的攻略考虑不周。如果在其中一站多住一晚，就不用这么折腾。

大家肯定地说，基本跟着攻略走，完成了攻略90%。其实我倒是觉得超出了攻略，因为比利时的根特和卢森堡的菲安登小镇是我们即兴前往的。

任何事情，人是第一要素，和谐团队成就了本次圆满的旅程。

（撰写时间2017年6月25日）

《自由中欧行》旅游纪念册

最近终于完成了我们今年6月去中欧之旅的纪念画册。

它记载了我们在2017年6月8日至6月25日荷兰、比利时、卢森堡、德国、奥地利五国之旅。驴友孙惠定写序——随感，郭建伟写后记——峥嵘团队。

为了这本纪念册，我从大家1万张照片中选取了1 200多张，后再缩减为800张，再缩减到590张。因为旅途比较长，珍贵资料多，哪张照片都不想割舍。尽管如此，纪念册还是比我曾经做的《贝加尔湖畔》纪念册厚了一倍，共228页。

《自由中欧行》纪念册封面

画册中用文字记叙了我们一路遇到的惊险。例如：王毅从小偷手里抢回双肩包，羊角村游览湖中船只无法启动那一刻，回罗腾堡途中火车因火灾停驶等。

制作纪念册是旅游延续的一种方式，尤其是对印象深刻之旅，更需要留下一本纸质文档。

（撰写时间 2017 年 10 月 29 日）

意大利深度游

2018 年 4 月 27 日至 5 月 17 日，我和外高桥老同事共 13 人开启意大利自助游，从北部的米兰到南部的西西里岛，几乎走遍了意大利各大主要景点，包括十大著名小镇。

行程设计篇

本次是意大利全景自由行，依然是拖着行李箱漫游。我们的线路按照意大利版图自上而下，几乎覆盖整个意大利。本次之旅也是我迄今为止所有旅游准备最久的一次。历时 7 个多月，包括行程设计、机票购买、酒店预订等。

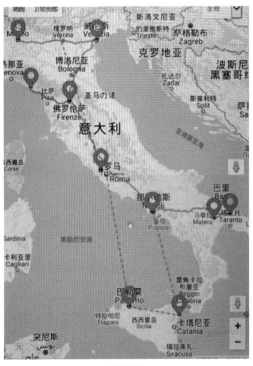

行程图

意大利国家版图的形状像一个大写的字母 J，我们曾经想从威尼斯进、罗马出。当知道驴友中有人没有去过意大利，那么米兰是一定不能错过的。由于意大利交通没有像德国那么方便，尤其是一些漂亮小镇，例如意大利东部的阿尔贝罗贝洛、马泰拉小镇，需要转火车和巴士，费时费力。于是就在这些转弯抹角的小镇中，借助马蜂窝网站上的短期旅游项目，5 天 4 晚独立团队，有车、司机和中文导游。

去西西里岛是因为有这么一句话：没有到过西西里岛就等于没有到过意大利。而西西里岛也是一个非常漂亮的旅游胜地，仅西西里岛就需要起码 10 天才能游完。我们只能选择精华部分，所以就选择了海边小镇陶尔米纳，因为又有这么一句话：没有到过陶尔米纳就等于没有到过西西里岛。

由于去西西里岛，交通就变得有点复杂，因为前往西西里岛的交通有飞机、火车和客船，但后两者都需要耗很多时间，于是我们从西西里岛首府巴勒莫到罗马就采用了意大利国内航空（1 小时），而火车则需要 13 个小时。

根据以上各种设想，就有了从上到下的旅游线路：

上海—米兰—威尼斯—玻璃岛—布拉诺小镇—佛罗伦萨—五渔村—比萨—卢卡—佛罗伦萨—锡耶纳—佛罗伦萨—那不勒斯—阿尔贝罗贝格—马泰拉—索伦托—阿玛菲海岸（波西塔诺）—庞贝古城—那不勒斯—西西里岛（陶尔米纳）—巴勒莫（西西里岛首府）—罗马—白露里治奥古城—罗马—上海。

以上很多小镇，但凡去其中 2 个小镇，就属于意大利深度游了，而我们要去 11 个小镇。所以我们最终设计了非常紧凑的意大利一国之旅的行程，但还是需要 21 天。

（撰写时间 2018 年 4 月 23 日）

购票篇

行程安排好了，就开始购票，顺序依次为：飞机票、火车票、区域通票、景点门票。

飞机票 尽量选择飞行时间最短的航班和较好的航空公司，最终选择了汉莎航空。上海—法拉克福转机—米兰，全程 15 小时之内。由于我们在 2017 年 9 月底就购买机票，均价为 5 200 元，如果延迟 3 个月，机票约在 10 000 元左右。

说均价是因为我们本次出行人数为 14 人（后减员 1 人），当我在携程购买机票时，只有 9 张机票，票价是 4 600 元左右，我先买下，但后来也不见涨价的机票出现，把我急得。后委托私家之旅刘倩，她为我从航司买到了另外 5 张票，但是价格贵 1 000 元。所以，最终机票均价是 5 200 元。当然提前预订也有风险，万一有谁因故不能前往了呢？因为我们买的是不可退订的优惠票。果然，有一位因为家里有事，无法前往，损失了机票的大部分。

还有一个从西西里岛巴勒莫到罗马的内陆航班。预订内陆航班真要看清楚行李的问题，很多国内航班托运行李是国际航班的一半。如：廉价的瑞安航空、西班牙伏林航空都没有免费托运，托运行李需另外收费，犹如国内的春秋航空。最终我们选择了埃塞俄比亚航空，可以托运一件 23 公斤的行李。

火车票 按照习惯，我一定会选择一国通票，但后来发现，意大利火车大多数需要事先订座，即使有了通票还得买 10 欧元的座位票，所以我决定一站一站买火车票。对于一些大站点，事先在"点对点"网站上购买。

由于火车票只能提前 3 个月购买，我从去年 11 月份开始关注火车票价格。后来发现，如果购买 4 月 28 日火车票，在提前三个月的 1 月 29 日购买不是最便宜的，而在提前 2 个月之内才是最便宜的。于是我在备忘录中记下，并在网上攻略中了解各班次的最优惠价格。但由于我们共有 13 人出游，"点对点"网站购买一次只能 9 张，于是只能通过人工服务。2 月 22 日，我在网上发现米兰到威尼斯的火车票从原来的 38 欧元，优惠价为 14.9 欧元，立即分两次购买了 5 张，后来再买就是 16.9 欧元，但还是比预期的优惠价 19.9 欧元便宜。待到当天晚上，我再看时，价格又回落到了 14.9 欧元，严重削减了我下午的激动。可见，火车票需要慢慢买。

当然最有成就感的是，从那不勒斯到西西里岛陶尔米纳的火车票，原价每张 52.5 欧元，我买到了 12.9 欧元票价，一下子节省了每人 39.6 欧元，13 人共节省了 347.1 欧元（约 2 700 元），秒杀成功的感觉不要太好。

我们目前预订的火车票主要是一些大站点之间的火车票，例如：米兰—威尼斯，威尼斯—佛罗伦萨，佛罗伦萨—罗马，那不勒斯—西西里岛陶尔米纳，陶尔米纳—巴勒莫。网上购票后，会收到发来的邮件，把车票打印到 A4 纸上，到目的地火车站去兑换车票就行。

区域通票 这是指意大利各个城市的旅游通票，例如：威尼斯几日通票，罗马几日通票，它可以在规定时间内无限次乘坐巴士、渡船，优先进入博物馆等。我发现威尼斯通票网上预先买和当地买价格差不多，所以就没有事先预订。但是罗马的 24/48/72 小时通票，我根据在罗马游览的时间，购买了 48 小时（2 天）通票。网上规定，24 小时内最多只能购买 4 张，我花了 4 天时间，才把 13 张票子买齐了。

罗马两日通票

景点门票 这是我做得最差的事情，由于不重视。所以，现在想预订米兰圣玛丽亚修道院（Holy Mary of Grace）达·芬奇所作的壁画《最后的晚餐》的门票已经没有了。要知道这是一幅非常有名的壁画，1980 年被列为世界遗产，必须提前 2 个月预订。

最近才关心梵蒂冈博物馆的门票，网上告知，排队需要 2 小时，而提前预订就可以免去排队时间。于是我就在网上预订，携程网上有，但输入了姓名和护照后，无法下一步。看网上攻略，有一个梵蒂冈博物馆网站，但是全英文的，我不敢瞎来。立即想到为我们做 5 天 4 晚跟团游的马蜂窝网站的米兰小姐，烦请她帮助预订。她非常乐意，但国内网站确实无法预订，她是"翻墙"后才为我预订成功的，预约了 2018 年 5 月 14 日上午 9:30 的梵蒂冈博物馆门票。要知道，这事和她一点关系都没有，纯属朋友帮忙，哪天去北京要好好谢谢她。

而佛罗伦萨的乌菲兹美术馆（The Uffizi Gallery）门票，因为我们是 5 月 1 日在那里，这天是美术馆闭馆日，其他几天我们也说不定何时可以去参观，因为一旦购买门票，都有确定时间，并必须提前 15 ~ 30 分钟取票。

（撰写时间 2018 年 4 月 25 日）

酒店预订篇

机票、车票购买后，就是酒店预订了。由于全程有 19 晚住宿，需要预订 9 个地方的酒店（那不勒斯跟团部分由马蜂窝负责）。我从去年 10 月就开始比选，预订的都是可以在入住前 7 天退订的。

如今习惯在 Booking 网站预订，主要是习惯了它的网页格式和丰富的酒店资源。我选择酒店的首要条件是，在火车站 200 米之内。从去年荷兰、比利时、卢森堡、德国和奥地利五国之旅的实践证明，这样的选择对于拖着行李箱依赖火车出行的我们是最合适的。但是预订中也碰到了很多问题。

Booking 退订遇到麻烦

原来我在 Booking 预订的 5 月 3 日至 5 月 5 日佛罗伦萨酒店，但在 2017 年 11 月份时，我们的行程改为从 5 月 5 日至 5 月 10 日跟团游了，佛罗伦萨酒店要改为 5 月 3 日至 5 月 4 日，但是酒店要我们全部退订后再预订，而这时酒店房价已经从原来的 130 欧元涨价到 196 欧元。打了好多次 Booking 服务热线，也是这么个答复。后来一想，再看看其他酒店？结果发现了一家比原来这家酒店更便宜，每晚每间 126 欧。也是在火车站附近的，果断地退订了原来的这家。

另外，有些酒店对于预订 3 间以上的需要预付定金。我只能分多单预订，不让其事先扣款，否则万一需要退订就被动了。

不断甄选完善

从 2 月份起，我开始对去年 11 月预订的酒店进一步甄选，因为这时我们的人员不会有变动，可以把原来可退订的改为不可退订，其中有大约 200 元（人民币／间）差价的。但此时房间数量有限，或者根本就没有可选了。最好玩的是，我预订的佛罗伦萨一家酒店，仅有一间标房不可退订的，房型和我原来预订可退订的一样，但价格便宜 240 元（人民币），于是我立即以不可退订预订了，随手退订了一间原来预订的。电脑刷新一下，怎么又有一间标房了？于是我又以不可退订预订了。后来我才悟出了一个道理，其实这间房就是我刚才退订的。这么循环着做了几个来回，一下子省下了 840 元。

扎紧篱笆 以防万一

记得去年在奥地利的萨尔茨堡，发生了当天因为酒店没有落实，几个人挤在一起的事情。于是，我经常会翻阅手机上的 Booking App，看看日期是否连续。

前几周，收到威尼斯酒店邮件，说原来预订的信用卡需要更新。于是立即更新了两张信用卡，并给酒店发去了邮件，请其一定保留。为了以防万一，我又查看了威尼斯的其他酒店，但火车站附近的已经预订一空，仅有一家满意的，比我原来预订的贵 400 元 / 晚。但还是以可以退订的方式预订了 7 间以备用。在收到了原来这家酒店的确认邮件，才退订了后来预订的这家。

还是看错了一间房

前几天我在一一查看房间和房型时发现，威尼斯的酒店有一间是共用浴室。现在想来，应该是看见这间房便宜时过于激动，而未看清设施，把原来预订的一间有私人浴室的替换掉了。但现在这家酒店房间已经预订一空，即使共用浴室的房间也一间不留。我给酒店发去了邮件，想更换一间有浴室的，没有回复。当我把这个错误告诉驴友们时，大家不但没有责怪我，还积极要求住这间共用浴室的房间，把我感动了。

电话 Booking 客服的窍门

如果打过 Booking 客户服务电话的人一定知道，中文接线几乎永远处于忙碌状态。有一次，我尝试着选择了英语接听，电话马上通了。我用蹩脚的英语告诉服务员，他们似乎也听懂了，但我说，你的回答我不明白（其实我已经明白），接线员就接到了中文服务线。于是我悟出一个道理，以后打 Booking 电话先转英语接听，然后说一些理由，请其转到中文接线。我已经多次用了这样的方法，很奏效。

Booking 不一定是最低价

有人告诉我，预订国外酒店携程价格最优，Agoda 酒店也很多。其实不然，这三家可以比价，我倒是感觉 Agoda 的价格往往会比 Booking 稍低一些。而在同一个网站上，国内预订和国外预订价格也会不同。所以货比三家预订酒店是必须的。

（撰写时间 2018 年 4 月 26 日）

登上威尼斯圣马可钟楼

4 月 30 日，出游第四天。我们在游览完玻璃岛和彩色岛后，马不停蹄地前往威尼斯圣马可广场，准备去登圣马可钟楼。

威尼斯圣马可广场

　　圣马可钟楼高 98.6 米，构造简单，下半部是由砖块构成的巨大柱状建筑，每边长 12 米，高 50 米，上方则为拱形钟楼，共放置了 5 座钟，拱形钟楼的上方是方形建筑，外墙分别由狮子与威尼斯的女性象征所装饰。登钟楼，成人价格 8 欧元，乘坐电梯直接上去。

百度百科

　　威尼斯（Venice）是意大利东北部著名的旅游与工业城市，也是威尼托地区（威内托大区）的首府。威尼斯市区涵盖意大利东北部亚得里亚海沿岸的威尼斯潟湖的 118 个人工岛屿和邻近一个人工半岛，更有 117 条水道纵横交叉。这个咸水潟湖分布在波河与皮亚韦河之间的海岸线。1987 年，被列入《世界遗产名录》。

圣马可钟楼外立面

威尼斯是世界上唯一没有汽车的城市。公共交通就是水上巴士，出租车就是贡都拉。

威尼斯水上城市是文艺复兴的精华，上帝将眼泪流在了这里，却让它更加晶莹和柔情，就好像一个漂浮在碧波上浪漫的梦。

今天登楼的体会是，到了威尼斯不登上圣马可钟楼，就缺少了一半的认知。

（撰写时间 2018 年 4 月 30 日）

在圣马可钟楼俯瞰威尼斯城

在圣马可钟楼俯瞰威尼斯

登乔托钟楼 看翡冷翠之美

5月1日，出游的第五天，我们从威尼斯来到了佛罗伦萨，并登上乔托钟楼，俯瞰翡冷翠之美。

乘坐威尼斯圣露西亚火车站（Venezia S. Lucia）—佛罗伦萨（桑塔玛利亚诺维拉 Firenze S. M. Novella 火车站）的火车。抵达佛罗伦萨，入住火车站附近的酒店后，立即来到不远处的主要景点——圣母百花大教堂，从酒店走路7分钟。

佛罗伦萨就像是一座满载荣耀的博物馆，各个景点都有其历史意义和艺术内涵。介绍一下佛罗伦萨和翡冷翠的关系。

百度百科

翡冷翠（意大利语：Firenze），现译为"佛罗伦萨"。"翡冷翠"的译名出自徐志摩的诗歌《翡冷翠的一夜》，"佛罗伦萨"则是根据英语 Florence 音译而来。这两种译名，相比而言，在诗文中译作"翡冷翠"更显优美，不仅音似，而且意思恰当，因该城市的官邸和教堂专用一种绿纹大理石，将城市点缀得如同一粒翡翠。"翡冷翠"在意大利语中意为"鲜花之城"。

佛罗伦萨乔托钟楼

乔托钟楼位于圣母百花大教堂旁，面对圣乔瓦尼洗礼堂，整体呈正方形，由文艺复兴早期的巨匠乔托设计，因此而得名。四方形的塔楼比例匀称修长，洁白的花岗岩在阳光下熠熠生辉，钟楼共有五层，其中第一层分上下两段，为无窗闭合式结构，四面均是由乔托设计的浮雕，内容描绘了人类起源以及人类的生活。完成第一层后乔托即去世了，二至四层的建设都是按照其图纸完成，也装饰有大量浮雕。五层则为挂大钟之处。整个钟楼建筑非常地宏伟壮观，表面布满精心设计的拼贴图案和繁复的浮雕。

在乔托钟楼

佛罗伦萨圣母百花大教堂

　　我们准备登乔托钟楼，去远眺圣母百花大教堂。排队 1 小时后终于进入，我们沿着台阶，开始登高。可惜看见的是有障眼的风景，怎么"撕开"铁栅栏呢？忽然看见有一个小窗口。从相机的比例可以看出，这个洞口是多么的小，我把相机放在洞口盲拍。原来照片是可以这么拍摄的，小得意。要知道来佛罗伦萨就是冲着这个画面，如愿以偿。

（撰写时间 2018 年 5 月 1 日）

从乔托钟楼拍到的圣母百花大教堂

埃特纳火山太震撼了

5 月 11 日，出游的第十五天。在西西里岛陶尔米纳没有公交前往埃特纳火山，通常是从陶尔米纳坐火车到卡塔尼亚后，再乘坐巴士前往，费时费力。于是预订了一部车，从陶尔米纳到埃特纳火山来回 420 欧元，全程 55 千米。火山下有索道上山，每人 30 欧元。索道上山后，还可以乘坐巴士去更高地，巴士票每人 34 欧元。

白雪覆盖下的埃特纳火山

百度百科

埃特纳火山，意大利西西里岛东岸活火山。其名来自希腊语Atine(意为"我燃烧了")，为欧洲最高活火山。主要喷火口海拔 3 323 米，直径 500 米，常积雪。周围有 200 多个较小的火山锥，在剧烈活动期间，常流出大量熔岩。火山周长约 160 千米，喷发物质覆盖面积达 1 165 平方千米。海拔 3 200 米以上，和其他活火山一样，其高度各个时期变化不同。

火山上都是海成泥炭岩和黏土，不知道的人，还以为是来到了煤场。

全体驴友在埃特纳火山

原来对来埃特纳火山没有太多期待和感受，因为王毅的提议，我就纳入行程。今天，当我们通过巴士＋索道＋巴士的方式，比较轻松来到火山顶时，才感觉其壮观和震撼。要知道 2014 年 6 月 15 日，埃特纳火山还曾经再次喷发，可见，埃特纳火山是名副其实的活火山。

并不是所有到卡塔尼亚和陶尔米纳的游客都会选择去埃特纳火山，而我们站上了山顶，那感觉就是没有遗憾。

（撰写时间 2018 年 5 月 11 日）

登上梵蒂冈大教堂顶楼

5 月 14 日，出游的第十八天，我们来到了意大利罗马市中心的天主教国家梵蒂冈。

由于已经事先购买了梵蒂冈博物馆门票，预约参观时间是上午 9:30，我们今天在火车站附近乘坐 A 线，7 站路，就来到了梵蒂冈博物馆附近。只是上班时间，地铁和上海高峰时一样，结果有 3 人掉队，幸亏他们知道乘坐 7 站路。

梵蒂冈博物馆门口，参观者排着长队。而我们排在了预约的队伍里，服务

梵蒂冈博物馆门口

米开朗琪罗的壁画作品《最后的审判》

在梵蒂冈大教堂俯瞰

员看见我们是13人，要求排在团队那个队列。如果2人的散户，反而能更快进入。

博物馆保存着很多的古罗马时期的作品，有安吉利柯、乔托、拉斐尔、尼古拉·普桑和提香的绘画作品。当我们参观至博物馆最后的这幅《最后的审判》时，立即想到米兰的朋友林彤告诉我们，此处有两扇门，一个是出口，另一个可以直接去梵蒂冈圣彼得大教堂，以免去进教堂的排队。大理和服务员再三确认后，我们就从左侧（面向壁画）的这扇门出去了。

果然，出来后就可以进入梵蒂冈圣彼得大教堂。但此时缺了2人，原来他们跟着游客从右侧的门出去了，再想进入改走左侧的门，不被允许。我们只能让他们在原地等了，而这一等就是2小时。

我们大部分人还去登高梵蒂冈大教堂了。徒步8欧元，电梯＋徒步＝10欧元，我们当然不吝啬2欧元了。即使电梯，也只能乘坐到大约一半的高度，还得走380多级台阶。我来过梵蒂冈圣彼得大教堂，但本次就是来登高的。站在高处，袖珍国家梵蒂冈一览无余，最得意的是拍摄到了这幅画面——圣彼得大教堂广场。

王黎萍看见了邮箱，提醒我可以寄送明信片了。我立即邮寄三张明信片。

梵蒂冈大教堂里的米开朗基罗的雕塑作品《圣殇》

  登高结束,走进圣彼得大教堂内,很快找到了米开朗基罗的著名雕塑作品《圣殇》。这件作品藏于梵蒂冈的西斯廷教堂,整件作品如真人般大小。这件作品充分展示了米开朗基罗不同寻常的思维角度、无与伦比的艺术天赋和精湛的雕刻技艺。当从作品旁边走过时,巨大的视觉冲击无法用言语表达。

梵蒂冈大教堂是著名的天主教朝圣地点之一。教宗每年会在此举行多个仪式，包括圣殿内外的人数，每次约有一万五千人到八万人参与。

在梵蒂冈大教堂前

今天我们完成了重要的活动，对梵蒂冈博物馆和圣彼得大教堂的游览。因为这是提前预订的门票，涉及兑换门票，还有从博物馆最后直接进入圣彼得大教堂，这些都需要去试探。而登上圣彼得大教堂，360度拍摄了梵蒂冈城的全景，让我好有成就感。

（撰写时间 2018 年 5 月 14 日）

走向"天空之城"的路

5 月 15 日，出游的第十九天，我们按照计划前往"天空之城"，后来发现，这是一条路途艰难的天空之路。

早上 9 点在罗马乘坐火车前往奥维耶多（Orvieto），大约 1 小时车程。根据 Google 导航，没有直接去"天空之城"的巴士提示，而提示去奥维耶多小镇需要乘坐索道，但是我想，我们不是去奥维耶多小镇，是去"天空之城"。

我从网上得知，需要乘坐蓝色的校车前往。但是来了两部校车都不去"天空之城"。我再查阅网上攻略，才知道，这里的校车班次很少，最快的一班也

去往"天空之城"的指路牌

是 12:55。于是，我们决定先到奥维耶多小镇玩玩。

当再回到奥维耶多火车站，我问咖啡馆老板校车时间，老板点了一下贴在告示栏里的时刻表，从奥维耶多火车站发车的时间是 6:30、7:35、8:00、12:55，也就是说，这纯粹是为学生提供的校车，和游览没有关系。所以，从 8:00—12:55 没有校车前往，回来的班次仅有 14:40 和 17:25 两趟车次。

我们坐上了 12:55 这趟校车，沿盘山公路行驶，它是开到每位学生家里的那种服务，然后再调头开，所以开了大约 50 分钟左右。下车后，一路看见 CIVITA 指路牌，指路牌上画着"天空之城"图案，我们跟着指路牌走就是了。大约走了 20 分钟，来到观景台。此时，疾风骤雨，根本看不见天空，更不见城。去山顶上的一家手工艺陶瓷商店避雨，店里的所有画作都是"天空之城"。夏总说，看不见天空之城，我们就拍摄几张照片回去，也算见到它了。这时也有人开始往回走了，觉得看不见就算了。但我就没想急着走，山里的天气说变就变，说不定云开雾散了呢？不一会儿，王毅跑过来说：看见了，看见了！我们急忙赶出去，"天空之城"渐渐清晰。

百度百科

意大利的白露里治奥古城 (CivitadiBagnoregio) 奇维塔迪巴尼奥雷焦 (CivitadiBagnoregio) 在拉齐奥的维泰博，位于罗马北方约 120 千米处，建于 2500 年前，位于山顶，只靠一条狭窄长桥与外界相连，从远处看像一座空中的城堡，因此被称为"天

"天空之城"

空之城"。此城曾荒废了几百年，也被称为鬼城。

日本动画大师宫崎骏制作的一部著名的动画电影《天空之城》的灵感就来自此城堡。由于下雨，最终我们没有走到城里去。

要感谢袁孟芩的坚持。原来我想去奥维耶多小镇，可能就不会去"天空之城"了。但袁孟芩说，我们都已经来了，想办法去。孙总也极力鼓励说，不要轻易放弃原来的计划。

此景点是我攻略做得不到位。如果早知道路途这么艰难，车次这么少，我一定会安排包车前往，就如在西西里岛的陶尔米纳到埃特纳火山那样。

最后我们乘坐 17:25 校车回到奥维耶多火车站，回到罗马已经是 20:00。

（撰写时间 2018 年 5 月 18 日）

结语

本次意大利之旅值得总结和回顾的地方太多太多。

收获满满

走完全部行程。本次最大的收获是把所有攻略中的行程全部走完，包括备用景点卢卡小镇和锡耶纳小镇。横向到边，纵向到底。行程很满，乐此不疲。

登上了几个著名的教堂和钟楼顶层。登楼就是跟团游和自助游的差别。登上米兰大教堂顶楼，面对在平地无法看见的雕塑，仿佛来到了瑰丽的露天博物馆。登上威尼斯圣马可钟楼，水城美景净收眼底，原来这就叫心旷神怡。登上佛罗伦萨乔托钟楼，只为拍摄这张圣母百花大教堂穹顶照片。登上梵蒂冈圣彼得大教堂钟楼，才能体会这个袖珍国的气场。

去了 11 个著名小镇。包括：威尼斯的玻璃岛和彩色岛、地中海岸边的五渔村、著名剧作家普契尼 (Puccini) 的故乡卢卡小镇、中世纪城市的化身锡耶纳小镇、那不勒斯湾索伦托小镇、阿玛菲海岸最漂亮的波西塔诺小镇、以"蘑菇房小屋"闻名世界的阿尔贝落贝洛小镇、镶嵌在山地河谷之间的马泰拉古城、西西里岛陶尔米纳小镇、白露里治奥古城（"天空之城"）。

登上了稀罕的埃特纳火山。我曾经上过瑞士的少女峰和马特洪峰雪山，但登上火山还是第一次，尤其是欧洲最高活火山，如今还有心跳的感觉。要知道，很多到西西里岛的游客，也未必前往，因为交通不便。

见识了火车摆渡。从那不勒斯到西西里岛的火车是通过船摆渡到西西里岛的，当你见过火车摆渡，还有什么不敢想。

引发了对欧洲文化的兴趣。佛罗伦萨的乌菲兹美术馆收藏的大师们的真迹，让你不得不向大师致敬。

不足和遗憾

行程安排太满。不想放弃任何备用项目，把大家拖累了。曾经在德国旅游时遇到一对来自美国的华人夫妇，他们就是每天休息半天、游览半天的节奏。

小镇是用来慢慢品味的。卢卡和锡耶纳小镇不是用来打卡的，而是需要住上几天，体会其历史和文化的。试想，如果放弃这两个小镇，我们的时间就会更从容；试想，如今匆忙看过了，也是一个收获，哈哈！还是贪心。

值机出现了差错。出发时，我隔天在汉莎航空公司网站值机，当发现跳出来的几个座位号不错时，以为值机成功，后来到机场才发现，这是让你选择，而非已经确认。后来在回来值机时，就提醒自己，一定是收到值机确认邮件后，才算值机成功，实践中又学会了一招。

感谢

感谢海冈和她在米兰的朋友林彤。让我们在踏上意大利的第一顿午餐在米兰他的老北京胡同中餐厅享用。在我们西西里岛游玩需要前往埃特纳火山用车时，他为我们预订了包车，为我们解忧。

感谢马蜂窝《意来意往》的米兰小姐。她是一位爽快的北京人，通过几次交流，我们互相得到了信任。她不仅给我们定制了那不勒斯 5 天 4 晚跟团游行程，而且当我们一位驴友无法前往时，还爽快地全额退回了团费。要知道，原来合同是不可退订的。当我无法在网上购买梵蒂冈博物馆门票时，她毫不犹豫代我购票。当她后来知道，我们前往"天空之城"路途这么艰难，告诉我，早知道，我给你们预订一部车。这么真诚的服务，让我们感动不已。

感谢全体驴友。看似为了本次之旅，我花费了大半年时间做攻略，但在具体旅行中还是遇到了很多问题，自由行就是你不知道下一分钟会遇到什么事情。但大家齐心协力，勇往直前。夏总的高级保安，孙总的积极鼓励，大理忙前忙后的探路和翻译，王毅的打前站，袁孟苓、吴莺、王黎萍和邢进萍等的后勤保障，再配上郭书记不时给大家配点笛子音乐，整个团队一直处于和谐开心的气氛中。

（撰写时间 2018 年 5 月 18 日）

法国、瑞士、列支敦士登之旅

2019 年 6 月 20 日至 7 月 7 日，我和外高桥老同事共 16 人，一起前往法国巴黎、安纳西和瑞士深度游。

准备

本次自助游从购买机票、预订酒店，足足准备了 9 个月。

我们预计的行程是，法国巴黎 3 晚—法国安纳西小镇 1 晚—日内瓦 1 晚—蒙特勒 2 晚—洛桑 1 晚—伯尔尼 1 晚—采尔马特 2 晚—圣莫里茨 2 晚—琉森 1 晚—苏黎世 2 晚，加上来回航班，共 18 天。

就在我们预订机票后，法国巴黎发生了"黄背心"事件，让人感觉巴黎不安全。为此，把原来巴黎自助游换成了包车游，有车和中文导游，相信当地导游比较清楚不安全的地方。关于巴黎的 3 天攻略，我倾注了比瑞士 14 天更多的考虑。首先是巴黎红磨坊票子，我在 itrip 网站预订，但过了一个月，没有预订成功；接着是购买巴黎博物馆 2 日通票，也是在 itrip 网站预订，但昨天刚刚收到邮件，说没有办法兑换票子，真是憋屈，怎么不早说呢？后来我请巴黎导游代买，才解决了问题。对于瑞士的铁路通票，我们在 2018 年 12 月底就买好了，因为通票每年都会涨价，得在跨年前买好。

由于 18 天中我们将入住 10 家酒店，所以，我不停地在 Booking 上查看曾经预订的酒店是否都在。就在今天下午 5 点左右，接到巴黎酒店的邮件，说我的信用卡无法确认，需要更新信用卡，把我急得。因为曾经遇到过不及时更新，被酒店取消的事例。而我今天出门在外，回家已经是晚上 10 点多了，立即更新了信用卡，后来收到了中国银行预扣款的信息，说明我的卡通过了，这事就算解决了。

感谢我弟弟的同学，旅居巴黎的林禾，她对于我们的攻略和寻找旅行社倾注了热情。感谢好友乐屹介绍了住在巴黎的油画大师李自力，他让李老师陪同我们参观奥赛博物馆，但我们怎么可能去麻烦大师呢？

（撰写时间 2019 年 6 月 18 日）

李自力老师带我们夜游巴黎

6 月 22 日，出游的第三天。巴黎天气：晴天，气温是 15 到 25℃。今天低碳出行，茉莉导游为我们购买了巴黎 1 日游公交票，每人 7.5 欧元，地铁、火车、巴士全覆盖。

在巴黎卢浮宫广场

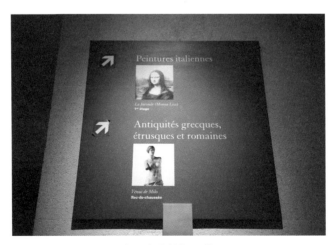

卢浮宫内的指示牌

首先来到了著名的卢浮宫，零距离接触贝聿铭设计的玻璃金字塔。卢浮宫并没有我们想象的有那么多游客，排队不长，大约 15 分钟就进入了。

我们按照卢浮宫内路线指引，很方便地看见了卢浮宫镇馆三宝——《米洛的维纳斯》《蒙娜丽莎》和《胜利女神》。

卢浮宫内的《米洛的维纳斯》雕塑

《米洛的维纳斯》又被叫做《断臂维纳斯》，是世界家喻户晓的青春美的女神雕像。大理石雕，高 204 厘米。相传是古希腊亚历山德罗斯于公元前 150 年至公元前 50 年雕刻的。

《萨莫色雷斯的胜利女神》雕塑

　　《萨莫色雷斯的胜利女神》是约公元前 200 年被创作出的大理石雕塑，其头和手臂都已丢失，但仍被认为是古希腊雕塑的著名大作，不论从哪个角度，观赏者都能看到和感受到胜利女神展翅欲飞的雄姿。

　　《蒙娜丽莎》画像并不大，但空出了很大的展示场地。作品为达芬奇在 1503 年完成的不朽杰作和最高艺术成就，被认为是西欧画史上首幅侧重心理描写的作品。

　　在参观了杜乐丽花园和橘园美术馆后，我们走进奥赛博物馆。奥赛博物馆

《蒙娜丽莎》画像展厅

曾是为 1900 年巴黎世博会建造的奥赛火车站，后被改建为国家博物馆，被称为"欧洲最美的博物馆"。

李自力老师特地赶到奥赛博物馆为我们讲解油画，他是世界著名法籍华裔画家，后印象主义当代派的开创者和领军人物。联合国教科文组织"艺术终身成就奖"获得者，联合国教科文"和平文化"形象大使。他带我们来到了几个主要的画作前，从画的不同时期，不一样的风格，近看和远看，视觉本同，大家被启蒙了。郭建伟说：好的老师就是能在很短的时间内，把深奥的事情讲明白。

在游玩了博物馆等景点后，李老师对我说：要不我开车，晚上带你夜游一下巴黎？我带着期待的眼神迟疑了一下，因为下午李老师来奥赛博物馆讲解，陪我们去蒙马特高地，已经浪费他宝贵时间了。他说：看你想去夜游，又没有人陪你去。看来，老师懂我。

我说，如果你开一辆车来，那么我就不浪费资源，再带上三人，把你的车坐满了。于是，晚上 9:30 他开车来到我们入住的酒店，带我们夜游。

巴黎奥赛博物馆

李自力老师在奥赛博物馆讲解

  首先来到亚历山大三世桥。塞纳河上有很多桥,最华美的是亚历山大三世桥。它连接右岸的香榭丽舍大街地区、大皇宫和左岸的荣军院。亚历山大三世桥左右两岸的四根 17 米高立柱上有四尊镀金青铜雕像。在大桥两端入口处的立柱上,

巴黎亚历山大三世桥

夜幕下的埃菲尔铁塔

分别有象征塞纳河与涅瓦河的寓意性装饰物。

　　又来到了昨天白天来过的夏悠宫，这里是看埃菲尔铁塔最美的地方，而夜幕下的埃菲尔铁塔，感觉整个星空为它佐证。我架起了三脚架，把相机调试到最佳参数。铁塔每个整点就会闪光，无与伦比的璀璨。

夜幕下的卢浮宫

和李自力老师（右二）在卢浮宫广场

　　看完埃菲尔铁塔，已经是晚上 11 点半了，就在我们准备回酒店时，车经过卢浮宫后门，李老师说，要不去看看卢浮宫是否开灯，我迟疑并兴奋着，因为感觉太耽误他时间了，但又非常想去。果然，夜晚的玻璃金字塔灯光璀璨，美轮美奂。

等我们回到酒店已经过了零点，大家非常尽兴，只是我们待遇太高了。而李老师谦虚地说："本次你们来，我正好在巴黎，就随手了。"我们期待上海见！

（撰写时间 2019 年 6 月 24 日）

洛桑奥林匹克博物馆

6 月 27 日，出游的第八天。我们从依云小镇回到洛桑，直接去了奥林匹克博物馆，此时 17:30。持有瑞士通票，免费入场。

在洛桑奥林匹克博物馆前

奥林匹克博物馆坐落在瑞士洛桑的奥林匹克公园内，毗邻国际奥委会总部。博物馆是由两层白色大理石贴面的护墙组成，线条简洁明快。奥林匹克公园里矗立着很多著名运动员的雕塑。在入口的阶梯上，刻有每届奥运会的举办国和点燃火炬的人名，我们看见了 2008 年北京奥运会火炬手 LI NING（李宁）的名字。

馆内陈列着从公元前 776 年首届古代奥运会举办地奥林匹亚山的模型，到首届现代奥运会的纪念金币。从顾拜旦的生平照片、著作，到 1936 年以后历届奥运会使用过的火炬，以及古希腊运动会的遗物、由国际奥委会收集的与奥运会有关的纪念品、现代高科技的运动器械等。这是世界上最大的记录奥林匹克运动发展史的博物馆，也是世界上奥运资料最齐全的收藏所。在这里我们见

馆内的奥林匹克藏品

馆内 2008 年北京奥运会火炬

我们站上了领奖台

到了第一面奥林匹克旗帜，看见了北京奥运会火炬，我国著名跨栏运动员刘翔、乒乓球运动员张怡宁等中国运动员的照片。我们还"站上"了奥运领奖台，对于喜欢体育的人来说，真是过瘾。

由于 18 点就闭馆，我们只能匆匆浏览，大家似乎都处于激动状态，用王黎萍的话说，热血沸腾。如果以后再来洛桑，我一定还会来此参观，留足时间，好好了解世界奥林匹克的源远流长。

（撰写时间 2019 年 6 月 28 日）

精彩绝伦的马特洪峰

6 月 30 日，出游的第十一天。今天我们将向马特洪峰"冲刺"。昨晚在采尔马特车站预先购买了上马特洪峰的齿轮火车票。持有瑞士通票可打 50% 折扣，外加 16 人团队等因素，原来 90 瑞郎的票价，最终以每人 36.75 瑞郎购得。

据说，早上 9 点以前能看见最美的马特洪峰。我们 7：30 从酒店来到火车站，坐戈尔内格拉特（Gornergrat）登山火车，坐上了 8：00 的班次。大家有选择地坐在了火车的右侧，这样上山途中，就可以先睹马特洪峰雄姿。

往上的齿轮火车停靠几个站点，包括 Findelbach、Riffelalp、Rotenboden 和 Gornergrat，耗时 45 分钟，游客可以在中间任意一站下车。通常游客是直接坐到最高处，然后往下一站一站游玩。考虑到光线，我们在倒数第二站的 Rotenboden 下车，直接从这里下山走到利菲尔湖（Riffelsee）。

瑞士马特洪峰明镜

马特洪峰是阿尔卑斯山脉中最为人所知的山峰。其位置在瑞士与意大利之间的边境，接近瑞士小镇采尔马特 (Zermatt) 和意大利小镇 Breuil-Cervinia。利菲尔湖很小，它在群山环绕之中犹如一面明镜镶嵌在丛林雪山之中。

我特意坐在这个地方拍摄了一张，是为了和 2016 年 10 月在此拍摄的照片比较。那时比较寒冷，利菲尔湖被冰雪覆盖的水面很小，难见山顶倒影。今天终于如愿了！

在 Rotenboden 站停留后，我们继续乘坐齿轮火车来到最高处的 Gornergrat 站，海拔 3 100 米，需要爬个小坡，绕过小教堂、酒店和咖啡厅，才能上到观景台。这里可以 360 度环顾阿尔卑斯山脉群，欣赏到著名的马特洪峰和罗萨峰等 38 座海拔在 4 000 米以上的山峰以及阿尔卑斯山区第二大冰河——戈尔内冰河。

2019 年在马特洪峰　　　　　　　　　　　　2016 年在马特洪峰

马特洪峰终年积雪，石壁陡峭，难以征服，曾被人们认为是不可征服的山峰，几百年来许许多多登山爱好者视马特洪峰为挑战极限，直到 1865 年才首次被登山英雄所征服。以后又有无数人成功登顶，也有 500 多人丧身马特洪峰的悬崖下，山下的小教堂附近，长眠着无数壮志未酬的登山者。

马特洪峰观景台

有马特洪峰标识的瑞士巧克力

马特洪峰观景台餐厅

我特地在观景台商店购买了有马特洪峰标识的瑞士 TOBLERONE 巧克力，和现实中的马特洪峰作对比。原来我们喜欢从国外带回的瑞士三角巧克力的图案就出自这里。接着，我们在观景台餐厅用了午餐，稍作休息后，乘坐齿轮列车下山，回到了采尔马特小镇。

采尔马特小镇

马特洪峰脚下的采尔马特是世界著名的无汽车污染的山间旅游胜地。小镇具有浓郁的瑞士传统风情，雅致的砖木结构房屋和更多的山村木结构房屋，让这里拥有一种特殊的氛围。整个小镇没有汽车，只有电瓶车，环境幽雅、空气清新。曾有人将这里的空气比做法国依云的泉水，因为这座小城的空气几乎纤尘不染。

今天在山上遇见了几位中国台湾游客，她们说我们好幸运，因为一周前这里一直有雨，山上封路。

（撰写时间 2019 年 7 月 1 日）

乘坐冰川列车

　　7 月 1 日，出游的第十二天。我们完成了一项重要的行程，乘坐世界十大景观列车之一的冰川列车，从采尔马特来到了圣莫里茨。我们在上海时凭瑞士通票购买了座位票，冰川列车每天有三班。我们选择了最早的 8:42—17:03 班次。

采尔马特冰川列车

百度百科

　　冰川快车，又称冰川列车，是世界十大顶级豪华列车之一。它每小时以 30 千米左右的速度行驶（经过隧道时会提速），被称为世界上最慢的快车，也是世界上最受欢迎的全景观列车。每年大约有 25 万游客登上"冰川快车"，体验瑞士阿尔卑斯山区的梦幻之旅。冰川快车连接着瑞士的两大代表性高山疗养胜地——采尔马特和圣莫里茨。全程需近 7 个半小时，途中跨越 291 座桥梁，穿过 91 条隧道，翻过海拔 2 033 米的上阿尔卑斯山口，是瑞士最受欢迎的全景观火车游览路线。

　　列车全景观车厢顶部的弧形大窗可以全方位观赏窗外的景色。空调设备使

列车全景观车厢

车厢内气温适宜，空气清新。车上有耳机可以听各国语言的沿途介绍，包括中文。

很多旅行团是中途上车，乘坐其中一段冰川列车，而我们从起点采尔马特直接抵达终点圣莫里茨，非常有诚意的一次体验。

圣莫里茨温泉圣卡教堂

经过约 7 小时车程，我们于 17:00 来到了著名的滑雪胜地圣莫里茨。在圣莫里茨火车站乘坐 2 站公交，就来到了圣莫里茨温泉圣卡教堂，再走 140 米就是我们预订的圣莫里茨独家艺术精品酒店（4 星）。通常市中心的教堂就是最好的地段，我都不敢相信，自己怎么会预订这么中心地段的酒店。圣莫里茨是世界上密度最大的五星级酒店聚集地，这座小城拥有 8 家五星级酒店，24 家四星级酒店，40 家三星级酒店和接近 100 家非星级酒店。

在圣莫里茨湖

傍晚时分，我们来到圣莫里茨湖边，欣赏晚霞中的山湖美景。

（撰写时间 2019 年 7 月 2 日）

邮票王国列支敦士登

7 月 6 日，出游的第十六天，我们从苏黎世前往了列支敦士登公国。列支敦士登是一个国中国，没有飞机场，没有火车站。我们在苏黎世中央火车站（Zurich HB）乘坐开往萨尔甘斯（Sargans）的火车，在萨尔甘斯下车后，站台旁边就是公交车的始发站，乘坐 11 路公交车驶往列支敦士登，在 Vaduz Post 站下。途中，我还想看看瑞士和列支敦士登的国界，但似乎没有很明显的标识。

在列支敦士登邮票博物馆门前

百度百科

列支敦士登公国，简称列支敦士登，国土总面积 160 平方千米，全国总人口 37 000 人；是欧洲中部的内陆袖珍国家，处于瑞士与奥地利两国之间，为世界上仅有的两个双重内陆国之一，全国只有西侧约三分之一的面积在平坦的河谷里，其余地区大都属于山地。

列支敦士登印制的邮票世界闻名，邮票博物馆陈列的邮票之精之多居世界之首。在历史上，邮票曾经挽救过列支敦士登的经济危机。那是第二次世界大战后，国王鉴于全国经济萧条，便拿出其珍藏的全部名画，印刷邮票，大量发行。意想不到的是，这些邮票深受世界各国集邮爱好者的喜爱，国家因此获得大量的外汇收入，经济也获得好转，国王因此赢得人民的拥戴。后来每年发行的邮票收入，就高达 1200 万美元，占全国国民总收入的 10%。

馆内四周墙上，悬挂着从该国发行的第一套邮票起，直到今天发行的邮票和收藏的世界上 100 多个国家和地区发行的邮票及首日封，五光十色，色彩斑斓。我们看见了《中国生肖·猴年》小版张，觉得特别亲切。除了展览邮票之外，博物馆里还摆放着邮递员用具，如手提灯、邮包、喇叭等，有印制邮票的活字板、邮戳等。在此，我寄出了两张明信片。

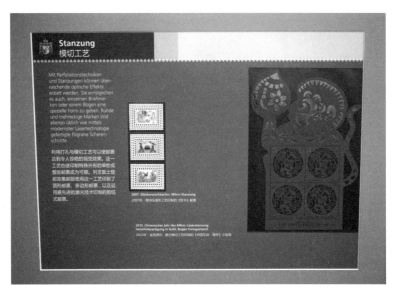

博物馆的邮票墙

列支敦士登国家议会大厦

在邮票博物馆不远处就是列支敦士登国家议会大厦，我们还参观了列支敦士登国家艺术博物馆。就在我们准备回程时，王毅建议去山上的瓦杜兹城堡，大家抬头一看，都退却了。于是，夏总陪同上山。

在城堡上拍摄的列支敦士登首都瓦杜兹全景

（撰写时间 2019 年 7 月 6 日）

结语

本次法瑞之旅要总结的地方很多。

收获

游走了三个国家 包括法国、瑞士、列支敦士登，到了 11 个城市，去了 4 个经典小镇，包括法国的安纳西小镇、依云小镇，瑞士的施皮茨小镇、韦吉斯小镇。我们把主要时间放在了瑞士，但也不忘国中列支敦士登的顺便游览，毕竟它是非常有特点的邮票王国。

巴黎不愧为艺术之都 从凡尔赛宫、枫丹白露到卢浮宫、奥赛博物馆、橘园美术馆，尽管很多人告诉我每个博物馆看几天都可以，但如今打卡式的游览，已经把我给惊倒了。我们还没有时间在香榭丽舍大街走走，喝上一杯咖啡，去红磨坊感受巴黎浪漫的夜生活，也没有乘坐塞纳河游船，领略塞纳河两岸的美景，尽管我们不断地来回走在塞纳河岸堤。

乘坐全程冰川列车 出发前，有朋友告诉我，最近瑞士天气不冷，冰川列车看不到冰川，建议我换一种方式。但因为我们已经提前买好了火车票，预订了酒店，就一如既往了。为此我们用8小时欣赏窗外的风景，尽情欣赏这世界公园。

登上圣莫里茨滑雪场 由于圣莫里茨是在瑞士的最东面，离开瑞士主要游览地有一定距离。很多到瑞士旅游的人一般不会前往圣莫里茨，更不会登上滑雪场。但是我们就是选择了这个两届冬奥会的所在地，登上了三座滑雪场。在那里，上山索道如我们的轻轨那般便捷。

融入当地的节日氛围 曾经有朋友说，出游最好和当地的节日结合在一起。本次终于体会了这句话的正确性。我们在巴黎，融入塞纳河边当地人的音乐联欢，在苏黎世加入了三年一度的城市狂欢节队伍，就好像自己也是其中的一分子，快乐无比。

很多旅游景点都去了两次 由于本次出游的时间是欧洲的夏季，日照时间长。从早上6点到晚上9点。所以当我们感觉白天去的景点还没有看够时，晚上就会再去一次，例如蒙特勒的西庸城堡、拉沃葡萄园等。

进入了两家世界级体育博物馆 世界体育就是奥林匹克精神，体育最具魅力的就是足球。我们本次在瑞士走进了洛桑的奥林匹克博物馆和苏黎世的世界足球博物馆。这种愉悦不亚于在巴黎进入凡尔赛宫和卢浮宫，因为它们分别是体育和艺术的最高殿堂。

把瑞士通票用到极致 本次我们体会到了瑞士通票一统天下的便利和优惠。我们去的所有瑞士博物馆和教堂，持有瑞士通票就可以免费进入，乘坐火车、公交和游船也都是免费的，为节省昂贵的瑞士高消费奠定了基础。

不足

瑞士的冰川快车可以只乘坐精华部分 例如：圣莫里茨到安德玛特这一最精彩的一段，以减少审美疲劳。再说，尽管冰川列车以每小时60千米时速慢行，但对于摄影者来说，还是难以拍到清楚的照片，何况还有玻璃窗的隔离。

巴黎的行程太赶 因为后来在巴黎租车了，感觉可以多去几个博物馆。以至于我们在一天内去了凡尔赛宫和枫丹白露宫，结果这两个宫的后花园都没有时间游览。

但本次法国瑞士之旅还是非常成功，大家共同期盼着下一次旅行。

（撰写时间 2019 年 7 月 15 日）

加拿大赏枫之旅

2019 年 10 月 4 日至 10 月 20 日，我首次开启一个人出国游，前往加拿大东部看枫叶。分别前往了蒙特利尔、魁北克、渥太华和多伦多。除了魁北克，在其他三个城市都有朋友接待，也由原来的一人游变成了走亲访友。

在魁北克偶遇好司机

10 月 6 日，出游的第三天。我从蒙特利尔来到了魁北克，也开启了真正意义上的一人游。

昨晚在蒙特利尔的好友赵琦为我准备了打包早餐，早上 7：30，在她先生的陪同下，来到了 168 公交站。他们还给我一张交通卡，便于乘坐公交和地铁。如果售票的话，巴士票价每人 3.5 加元，不管乘坐多少站。从赵琦家到蒙特利尔巴士总站需要乘坐公交。由于昨天已经预先购买了车票，我只需要打开保存在手机里的车票二维码扫码上车。从蒙特利尔到魁北克火车全程 3 小时 19 分。一路上，看到山头上不断闪现的红叶，终于体会了红枫在加拿大人心中的至高无上。

魁北克酒店外景

中午 12 点，大巴来到了魁北克。我看 Google 导航，走路去酒店 1 千米，15 分钟，那就走去了。因为今天只带了随身的行李，当然电脑和相机还是够分量。意想不到的是，原来魁北克是一个上城和下城的山城，走上坡路真把我累坏了，后悔自己把酒店订在了上城。我索性拿出相机，走走拍拍，顺便歇歇脚。

酒店也让我找了好一阵，从导航看已经到了，但就是找不到酒店。后来问了 2 个营业员，原来酒店置身于咖啡店中。

魁北克酒店的房间

酒店还是很不错的，设施齐全，满足了我所需要的功能。窗外美景如画，我当时预订时，就因为它离开芳堤娜城堡酒店和小巷普兰街很近。这时，刚才说的住在下城念头一下打消。

从大众点评上找到一家中餐厅，从酒店走过去只有 200 米。只是来到餐厅后，说让我等 45 分钟，这时已经下午 1 点了，我哪里等得及。于是再去另外一家需要走 7 分钟的中餐厅，可惜这家中餐厅大门紧闭。这时我的胃告诉我，赶紧进食，否则撑不住了。于是走进一家不大的咖啡店，买了当地的油煎甜品和可乐，顺便休息一下。

原来想午餐后去酒店休息一下再出游，但看天气预报，傍晚和明天有雨，那得赶紧玩了，精神一下子来了。先去哪里呢？马蜂窝上一搜，发现圣亚纳圣殿是红叶映衬教堂的美景，也是离开魁北克市较远的一个景点，从导航看可以

魁北克的街头雕像

乘坐 3 路公交，需要 28 分钟。来到 3 路公交站，看提示，还有 2 分钟就来车了。也询问了一位等车的当地人，他确认 3 路公交站是这里。有趣的是，这位先生问我，你会讲法语吗？我摇摇头，心想，英语都不行哪来的法语啊。原来魁北克人是美洲最大的法语族裔，这里的官方语言是法语。继续等车，过了 3 分钟车还没有来，我望着这位先生，他说，公交车迟到了。但是又过了 10 分钟还是不见车来，他自己也觉得不对。问驶来的 28 路车司机，原来 3 路车的车站移到另外一条马路上了。看来 Google 导航并不是百分之百正确。但我知道，3 路车的间隔是 1 小时一班，等不及了。怎么办？还去吗？

就在犹豫时，脑子里一下子想到了 Uber（优步）打车软件，这家出租车已经退出国内，而我一直想在国外尝试一下，所以手机上已经下载了 Uber App，立即试验。使用方法和国内通常的滴滴叫车软件相同，可以输入中文，立即收到了接单的车牌号码。只是第一单车，说还有 5 分钟到，看见车停在了还有 1 分钟处，但司机取消了接单。我再发一次，1 分钟后，另外一位司机驾车过来了，我一看他面相还行，上车。当他知道我要去圣亚纳圣殿时，说在很远的地方，需要驾车 30 分钟，车费大约 40 ~ 50 加元。我说：Go！

一路上，我和司机通过"有道翻译官"软件进行交流，特别顺畅。我问司机，你能否在圣亚纳圣殿处等我 30 分钟，接着再把我送回魁北克市。他说，你可以另外再叫一辆 Uber 车，一句话就把我弹回去。但我还是很热情地告诉她，自己来自中国上海。他说，中国是自己很想去的地方，我说，以后来上海找我，我开车带你玩，这下把他高兴的。他见我捧着单反相机，问我是不是专业摄影师，我说当然不是啦。由于交流热烈，互相一下子拉近了距离。

　　我看见路两边红叶树特别兴奋，让他把车开慢一点。他说，要不开到可以停车的地方，你去拍照吧，我等你。那不是专车待遇了吗？把我兴奋的。

　　再次坐上车时，他主动告诉我，可以在景点停留 30 分钟，只是你觉得需要停表还是重新开始计价？我说，随便你，你喜欢怎么做就怎么做。他肯定觉得，这位中国大妈好大度。我还特别告诉他，为了拍摄到喜欢的照片，就不能多考虑钱，他一个劲地点头说：Right！Right！

　　当我们来到圣亚纳圣殿时，我建议他和我一起下车。我撑起三脚架，弄得很专业，并先要求和他合影，他特别开心。于是他为我拍照，主动为我拿三脚架。忽然感觉，原来我在魁北克不是一个人在旅游。

　　魁北克圣安妮大教堂是魁北克三大教堂之一，我们没有进入参观，仅沿着教堂外围走了一圈，我就想多看看成片红树林，尤其是和白色教堂的呼应的那种美。

加拿大出租车司机为我拿三脚架

和加拿大出租车司机在魁北克圣安妮大教堂

魁北克圣亚纳圣殿

　　回程途中，我问司机：圣亚纳大峡谷是否就在这附近？他说：是两个方向的。我不作声了。一会儿他说，如果你想去，我们现在就去，我说：Go！这次他没有说会增加很多车费。可惜到那里时太晚了，大峡谷景点已经停止售票，我就拍摄了几张瀑布照片。回程我请他带到了魁北克城堡这里，下车关上车门前，他对我挥手道别，我用相机对准他，Bye！Bye！

　　Uber 出租车我还是第一次乘坐，由于需要和信用卡绑定，所以不用现场付款，当时司机给我看的账单是 62.26 加元，感觉不贵。但他说，究竟多少钱他也不知道。刚刚我收到了 Uber 发来的邮件，先是问你是否愿意支付小费，我一看立即付了 5 加元，多好的司机啊。目前账单显示的是 100.16 加元。一个人的包车，折人民币 540 元，还有陪同并替你拿三脚架，值！

　　司机把我送到城堡下面，我看见有索道可坐，估计是一个观景台，立即去乘坐，3.5 加元车费。到上面一看，原来到了魁北克的芳堤娜城堡，这是魁北克排名第一的著名景点。十多年前来魁北克，就记住了这座城堡。我驾起三脚架自拍，旁人看我来回奔来奔去，一定感觉中国大妈原来是这么的自信。

　　"魁北克"是 1534 年法国探险家雅克·卡蒂埃率领探险船队，驶入加拿

魁北克城堡

大东部的圣劳伦斯湾，并且以法国国王名义，宣布占领这里。

我在这个平台转悠了大约 1 小时，从不同角度拍摄城堡，再看看圣劳伦斯湾里停泊的游轮。拍摄过程中，不时有红叶被摄入镜头，真是挡不住的红枫。我看见一位挂着单反相机的中国游客，请他为我拍摄一张。后来又在别处见到他，继续麻烦他拍摄了一张。

芳堤娜城堡如今是一家酒店，当我看见一群日本游客走进去，羡慕他们入

芳堤娜城堡平台上

住这么高级的酒店。后来发现，是导游带他们来这里参观和休息。我试着进入电梯，想上到最高层看景，但是需要刷卡上行。这个我估计到了，人家这么高档的酒店，怎么可能随便上呢。

芳堤娜古堡酒店

夜幕下的魁北克

和东北游客在中国餐厅

夜幕降临，才想起要晚餐了，继续去中午未能用到餐的那家中餐厅。进入时看见了那位刚才为我拍照的中国游客。我找了一个角落的位置准备点菜时，他们一起来的一位女士走过来，问我：你是一个人来的吗？过来一起吃吧，顺便聊聊天。于是我就和他们三人一起共进了晚餐。他们三位是同学，分别来自北京和沈阳，自驾游加拿大，刚从温哥华来到加东，年纪都在 65 至 70 岁左右。当他们知道我也已经退休 5 年，一个人到加东来看枫叶，似乎很佩服。最后我们互加了微信，我建议他们看看我的博客。哈哈！推销自己的产品。

今天在魁北克，净是遇到好人，先是等车的乘客，接着是出租车司机，最后是东北游客。总之感觉，自己在加拿大人面前为中国大妈争光了，在东北人面前，为上海大妈添彩了。

（撰写时间：2019 年 10 月 6 日）

结语

我已经于北京时间 10 月 20 日 15:30 抵达上海浦东机场，浪迹天涯的游子安全回家了。回顾本次 17 天加拿大之旅，很有感触。

首先，当我一个人走出国门时，让很多朋友担心，提醒我注意安全。

其次，踏上加拿大土地后，一波又一波的朋友们在各个城市用他们最大的热情接待我。从第一晚延误航班，赵琦及家人半夜接机，到少菲妹妹伟立的突然出现，并带我走入蒙特利尔的深处。在蒙特利尔住在赵琦家楼下，犹如住在她家，准时叫早，享用免费早餐。

抵达渥太华后才知道，梁艺已经安排了去翠华山庄休闲的旅游模式。也是在那里，让我一次看够了世界上最美的加拿大枫叶。

抵达多伦多后，第一时间见到了老同学隋秋荣，在异国他乡，那种亲切不言而喻。而陆导特地为我在多伦多预订了低调奢华的民宿，让我见识了什么是加拿大高档住宅区。

原来去加拿大是因为红叶，最终演变成了探亲访友。大家都是那么用心用情，深深地感动了我，鞠躬致谢！

本次采用陪游、度假、暴走、跟团的模式，旅游形式不同，带给我一次又一次的新鲜感和冲击波。暴走魁北克，深入了解当地风土人情，包括 Uber 出租司机的热情，公交车的不准时，但又感觉自己可以当导游般地熟悉这座漂亮城市。跟团游亚加华小火车赏枫三日游，尽管和茂盛的红叶擦肩而过，但结识了几位大咖朋友，也是一大收获。

加拿大的漫天红叶

来了加拿大，才知道加拿大的国土面积有多大（世界第二，超过中国）。多伦多随便一次行车就是 1 小时，来回 4 小时也比比皆是，那不是上海到苏州、杭州的距离吗？另外加拿大人的文明和热情，时刻感染着我，只要你问路，他们一定千方百计让你弄清楚方向，害怕你走错。

本次第一次一人走出国门，应该也算探索之旅，挖掘自己的旅游潜能。感谢朋友们的担心和陪伴，感谢家人的理解和无奈支持，尽管我对父母说是十多个人一起出游的，呵呵！老人可吓不起。

一人游加拿大的经历，激发了我更多自信，说走就走的模式可持续发展。

（撰写时间 2019 年 10 月 20 日）

悉尼跨年烟火秀

2019 年 12 月 19 日至 2020 年 1 月 2 日，我和嘉定区普通小学六一班的逄炜、葛雁、王黎萍、郭红、鞠鸽群、任勇明等同学前往澳大利亚和斐济自助游。

12 月 31 日，出游的第十三天。悉尼天气：晴天，气温 21 ～ 35℃。来到了 2019 至 2020 年的跨年日，也是我们本次出行的重要项目——跨年烟火秀。悉尼的跨年主要是看子夜 24 点的跨年烟火秀，它是世界顶尖级别的烟火盛事。

和志愿者确认入口处

我们是在 3 个月前就预订了跨年烟火门票，票价 350 澳元，约为 1 700 人民币，含一份打包的晚餐。悉尼跨年烟花看秀点有很多，我们选择了皇家植物园。

上午我们还安排了游览，下午提前回酒店休息了 2 小时，16：30 从酒店出发，大约 20 分钟徒步，来到了我们预订的悉尼皇家植物园看秀点。规定 18:00 入场，但此时 17:00，已经有很多人在排队。入场后，我们找到了一个非常好的位置，7 个人围成一个方块，摊上塑料布，席地而坐。渐渐地，涌入了更多游客，有

"抢占"了一小块地盘

悉尼歌剧院外看烟火的游客

的人把气垫床也搬来了。现场仿佛就是一个嘉年华，有免费拍摄新年照片，有
舞会，有酒会。20:00 时，气温低于 20℃，寒冷中急中生智，把环保袋当做外
套暖身。

悉尼市区港湾处设立了 6 个免费观赏点，我们右侧的悉尼歌剧院门口就是免费位置，很多游客早上 7 点就来抢地盘。

夜幕渐渐降临，为了抓住每个落幕时分，我每隔 20 分钟拍摄一张照片。

20:30 灯光点亮悉尼海港大桥的桥塔（Sydney Harbour Brigdge Pylon），桥墩上打出了世界多国语言的"欢迎"标语。

21:00 主题为"欢迎来到这片边热土"的小型活动开始。燃放第一波儿童烟花，大约持续 8 分钟，让小朋友们早看早睡。但即使是儿童烟花，已经够让我们激动的了。

23:45 游船来了，马上要开始跨年烟火秀了。随着 10、9、8……倒计时，24：00 跨年烟火分别从悉尼海港大桥、悉尼歌剧院和海港内的驳船上发射到悉尼海港的天空，只见海港大桥和悉尼港海水交相辉映、美轮美奂。烟火足足秀了 12 分钟，让人目不暇接、心潮澎湃！

悉尼烟火秀

看烟火有一个规矩，大家都必须坐着，而不能站起。所以没有拥挤，大家都能看见，都可以拍摄很好的影像。

作为全球最先跨入新年的国家之一，澳大利亚悉尼每年都会举办超级盛大的新年烟火秀，吸引了成千上万世界各地的游客到此共享这一盛典。只是因为今年悉尼发生山林大火，曾经有澳洲人不建议燃放跨年烟火。

去悉尼跨年看烟火秀，是一个人一辈子值得做的一件事！

（撰写时间 2019 年 12 月 31 日）

日本九州黑川温泉

　　2020 年 1 月 26 日至 2 月 13 日，由于新冠肺炎疫情蔓延，原来 2 月 3 日的埃及跟团游被取消。郁闷之时，我就想着出游，此时国外尚未发现疫情。究竟去哪儿呢？我目前持有美国、加拿大、申根国家和日本签证。选择近一点的国家吧，那就是日本了。日本去哪儿呢？曾经的我只知道大阪、京都、东京和北海道。拉开日本地图一看，九州立即映入眼帘，就是它了。本次我一个人游走了广岛、鹿儿岛、熊本、黑川、由布院、福冈等 7 个城市或小镇。

　　2 月 8 日，出游的第十一天。当地天气：晴天，黑川地区气温 –2 到 1℃。我从熊本来到了黑川温泉小镇。

　　从熊本到黑川温泉的班车一天两班，上下午各一班。我前天在熊本巴士总站购买了上午 8:54 的车次，并选择了在我住的熊本城酒店附近的上车点。其实在日本，巴士非常准时和方便。网上说，这趟巴士特别满，而今天我乘坐的这趟巴士大约只坐了 30% 的游客。沿途看见冰雪道路，看来前往黑川温泉会更冷一些。车行进在九州中部阿苏高原上，景色之美让原来想睡一会的我，不舍得闭眼。

　　全程行驶 2.5 小时，如今一个人出游，我总会开启手机闹钟，以便提醒。大巴于 11：30 准时来到黑川温泉小镇站。小镇上的所有酒店都有接送，前提是需要和酒店预约。我昨天麻烦旅居日本东京的过任同学给壹之井旅馆（Rokan Ichinoi）（3 星酒店）去电。今天来接我的一位老人胸前挂着酒店牌子，我把收藏在手机里的酒店名字和他核实，OK！

　　我入住的酒店在一个半山腰上，幸亏有接送，否则上坡有点累的。酒店入住时间是 15：00，此时只有 12：00，怎么办呢？酒店前台是一位年轻人，估计是刚才接我的老人的儿子。年轻人英语很标准，让听不懂英语的我，也能够沟通。他告诉我，可以先把行李寄存，并问我，你明天预订的巴士是几点的？我们可以提前 15 分钟送你去巴士站。我想，也奇怪了，他怎么知道我明天要离

入住的黑川温泉小镇的酒店

开呢？后来一想，我就预订了今晚一天的住宿嘛。

　　既然不能办理入住，那就先去小镇看看。按照攻略提醒，1 300 日元购买了一块入汤手型（浴牌）。这是黑川温泉独有的特色，一块圆形的木牌，上面印有可爱的木刻公仔，背面附有三张贴纸，购买后可以在黑川特约的温泉旅馆享受 3 家不同的温泉，6 个月内有效。

黑川特有的温泉浴牌

黑川温泉小镇

黑川温泉是日本女性票选第一的秘汤，海拔约 700 米，温泉密度排全日本第一。黑川温泉兴起也是近十年的事，因为黑川温泉的交通不方便，渐渐地越来越没有游客前来，后来温泉区里的新明馆社长提出改造黑川温泉的想法，让整个温泉街建筑物统一管理，种植大量树木，营造出温泉氛围。所以，如今黑川温泉是由十几家民宿旅馆联合经营，大部分温泉旅馆都在温泉区内，并形成了温泉街。黑川温泉的魅力在于沿筑后川而建的传统风情旅馆建筑，每家旅馆酒店都有各具匠心的温泉设施。

我请酒店前台的年轻人推荐了 5 家温泉酒店，然后再从地图上选择其中的 3 家。沿着一条下坡路来到温泉街，还没等我泡温泉，这个错落有致的小镇已经让我喜欢。但后来发现，自己错在穿着，泡浴还带上双肩包、腰包和单反相机等旅行装备，在温泉小镇是可以穿着酒店浴袍走的。

终于来到了著名的御客屋温泉酒店。御客屋建于 1722 年，一家经营了 300 多年的老店。进到前台，服务员就在我浴牌上撕去一张红色的标签，浴牌上写着"2020.2.8"，只能当天使用。其实住宿的客人和我们外来持浴牌的人待遇还是不同的。我只能泡 2 个浴池，当然酒店价格是 1 500 元人民币以上。自我安慰，只要水质相同，一样一样的。其实这里的浴池特别简单，全没有在大浴场里的排场。外套就放在篮子里，也不可能上锁。可我所有的贵重物品都在啊，包括钱包、护照、相机等，幸亏屋内也没有其他人。这里的温泉明显热，通常泡温泉每次 10～15 分钟，我都不会超过 10 分钟。也顺便参观了一下这家温泉酒店，这里有一个人的温泉屋，里面只有 1 平方米左右的一个温泉，就如家里的浴缸了。可见，人家原来就是作为一个私人浴室。

自从来九州泡温泉，一直看见风吕两字，风吕（ふろ）原意是澡盆的意思。风吕有很多规定，例如男汤、女汤的时间。日本泡温泉是全裸的，所以男女浴池是分开的。想起小时候听人说，日本人洗澡男女全裸同浴，哈哈！

接着来到了著名的新明馆洞穴温泉，这家酒店的建筑在黑川温泉小镇最具规模。这家洞穴温泉，就如我们走在以往旅游景点的山洞里，不同的是趟着温泉走，有点像防空洞。在这里与其说是泡温泉，更是来探寻温泉文化。泡了第二家后，再去哪家呢？曾想，一个下午泡三个澡堂会不会出问题啊？感觉泡温泉也挺消耗体能的。

备选的温泉里，有一家 Yamamizuki（雅玛米苏酒店，4 星），需要乘坐免

新明馆洞穴温泉

洞穴温泉

费巴士前往。原来觉得太远（需要走 25 分钟），后来想，既然需要坐车，而且是免费巴士，那么这家酒店一定超级棒。来到一家甜品店门口，进店询问在哪里可以乘坐巴士去雅玛米苏酒店？回答：就在店门口。佩服自己怎么走得这么准呢！店门口有一张班车时刻表，30 分钟一班。看着还有时间，就在店里吃了一份小汤圆甜品，今天元宵节，小小庆祝一下。

日本小汤圆

雅玛米苏酒店

黑川酒店房间

跟着免费班车来到了雅玛米苏酒店，非常期待这最后一家温泉。这是被葱郁林木覆盖包围的一家日式旅馆，酒店服务员再三关照我，走右侧紫色的门帘进入。这里依然没有一个人在泡浴，我就端着相机拍摄了几张。但就在走出这家酒店时，我发现自己脖子上怎么没有分量了呢？原来相机忘记在了更衣室，赶紧跑回去取。

一下午，连续泡了3家温泉酒店，回到自己的酒店已经是16:00了。本次九州旅行，经常是一个人睡两张床，似乎日本没有单人床的。

曾经以为自己蛮了解日本温泉，北海道的登别和洞爷湖温泉、鹿儿岛温泉都留下了很深印象。但今天来到黑川温泉小镇，才知道，温泉可以是家庭式的、洞穴式的，也可以是川流不息中的。

日本不愧为温泉王国，黑川温泉不愧为日本最受欢迎的前三名，列九州第一名。想到我开始还不打算来黑川，差点失之交臂。

在日语当中，"汤"是指温泉。所谓"秘汤"，侬其字可以拆解为"隐秘""温泉"。所以，"秘汤"也即是远离人烟、隐秘的温泉。它就位于深山之处，与世无争，沉静安逸的黑川温泉小镇。如果我再来九州，一定会再来黑川温泉小镇。

（撰写时间：2020年2月8日）

蓬蓬在古巴

旅途中遇到的
困境

斯德哥尔摩包包被偷

2013年6月8日至6月21日，我和马燕华等朋友前往北欧自驾游，但是在瑞典斯德哥尔摩发生了包包被窃，护照钱包全部丢失的严重事件。

包包被偷 心情糟透

今天是出游的最后2天，在瑞典斯德哥尔摩我们是分开旅游。有的想去看手工艺制作，有的想去买奢侈品，而我就想去逛公园、看建筑。所以今天我特地背着双肩包去酒店餐厅用早餐，以便用最快的速度出发。由于是一个人去，餐厅也没有多少人在用餐，我顺手把承重的包包放在座位上，去拿食品。当时仅有的动作是，把原来放在桌子上的手机拿起放入裤兜，对于承重的包包没有一丝提防。正当我取了两勺麦片准备加酸奶时，姚政进来了，问我坐在哪个位置？我指指：就是那个有红包的位置，他说：哪里啊？没有包包。我走过去一看，原来我放包的座位空了，包包不见了。这时邻座的一位女士说：看见一位男士曾打开我的包看了一下，随后就拿走了。那不是遇到贼了吗？瞬间，我脑子一片空白。

立即和酒店服务员联系，她们反而说我：为什么不把自己的包看好？也没有去寻找的意思。报警电话中问得很详细，有多少东西？但也就是履行一下程序。后来我觉得，早知酒店是这样的做法，我一定在发现包包丢失的第一时间冲出门外，说不定能抓住小偷，太没有实战经验了。

于是，我的驴友们就开始为我奔波。肖傲霜用流利的英文同酒店和中国驻瑞典使馆联系，陆彦帮助我注销工行和建行的两张信用卡，马燕华立即给国内的朋友发信息，看怎么补办护照。我们一起前往了中国驻瑞典大使馆，但原以为带着的护照复印件怎么也找不到了，于是请正在公司上班的同事李健飞到我办公室的抽屉里拿复印件，拍照并通过微信发给我。但大使馆要求把复印件发至他们的邮箱，于是又麻烦健飞把护照复印件发过去。经过肖傲霜的据理力争，酒店愿意承担我们去大使馆的出租车费。大家先陪我去商场拍护照照片，然后直奔使馆。也许中国使馆人员见多了，他们只是让我们填写了两张表格交给他们，他们说：现在就要等上海出入境管理局的回复，有回复就可以补办临时护照了。但是这个时候国内已经下班，要等到明天上班才有结果，再次让我纠结。因为明天下午我们就要回国，万一拿不到护照怎么办呢？我们几位都给国内的朋友发信息，看有没有在出入境的朋友可以帮忙。陆彦的朋友回复：等明天上班就去督促在出入境工作的朋友；我公司的行政办王主任回复，如果现在瑞典已经把资料发送至上海，可以请出入境的人员加班处理，一个比一个牛。但因为瑞典这里要过几个小时后才向国内发送，所以国内的人只能等着干着急。

就在中国使馆办理过程中，肖傲霜忽然想起她在英国留学时的一位朋友，据说在瑞典使馆工作。问了使馆人员，确有其人。于是电话联系上了这位张先生，他是中国驻瑞典领事馆文化参赞，一等秘书，看见他，我们觉得有救了。他不仅请我们吃一顿美味的中餐，还不断地安慰我说，一定没有问题，如果实在赶不上回国的飞机，我可以送你去机场。

从使馆出来，我已经无心游玩，马燕华陪我回到了酒店。我们想在周围的垃圾箱找找，或许小偷拿了相机和钱包，就会把包包和护照扔掉，但最终还是没有找到。就在这时，肖傲霜来电：张先生已经做担保，大使馆今天就可以为我出一份临时回国护照。终于可以准时回国了！这个时候我才体会了很多留学生说的：在国外才发现自己非常想念亲爱的祖国。

过程啰嗦了一大筐，现在总结一下。

本次损失。相机和红圈镜头等附件合计 3 万元，外币现金约 1 000 美元，其他都是生活用品，共计损失 4 万元。当然还没有算上护照的无形价值，以及我相机里拍摄的无价之宝。总而言之，近乎丢掉了一只劳力士手表。

感谢驴友们的相助，没有你们，我必定走投无路，因为语言、因为对异国他乡的陌生。我对她们说，浪费了大家宝贵的旅游时间。陆彦的一句话"我们出来就是一家人，谁的困难都是大家的困难"把我激动得热泪盈眶。

感谢国内朋友的呵护，我在微信群中告诉了自己的不幸遭遇，收到了很多安慰的话语。大家都说："平安回来就好，照片相机什么的都没关系，下次还有机会的，破财还可以消灾。""没事的，只要人没事，其他都是浮云"。最精彩的要数"蓬友好声影"团长程波的一席话："不管发生了什么，都要冷静和沉着处理。当务之急你需要静下心来休息，尽可能地保证休息，用最有效和最安全的方法回家来，回到蓬友们的身边。好像冥冥中有一个影子一直在暗中妒忌你，这个影子阻挡不了你的健康、开心、快乐和有这么多好蓬友的幸福，就非要给你一点身外之物的小灾小难。这个傻瓜也许自己都不知道这一偷窃的举动，更让世界知道了你的优秀，以至于被罪犯惦记上了。这厮更不知道让你失去的是一本可以补办的护照，可以更新的相机，可以重游的风光，却让你得到了全体蓬友们无限的关心、惦念和深深的友情。都说你的一生与账目打交道，用心算一算这次钱财的损失换来的是不是兄弟姐妹亲情般的温暖？我只能说'你赚了！'"

我赔了？我赚了？明天能够安全回国就赚足了！

（撰写时间 2013 年 6 月 19 日）

回家的感觉真好！

带着遗憾，带着失落，今天下午我终于回到了祖国，回到了温馨的家。

回国之路并不平坦，我们在 20 日上午 11 点（瑞典时间）从斯德哥尔摩 Sky 酒店出发，出租车约半小时到达机场。乘坐下午 SK407 航班 15：25 从斯德哥尔摩飞丹麦哥本哈根机场转机，但原定 18：25 从哥本哈根到上海的飞机，延误到了 20 点 55 分。在乘坐航班和转机的过程中，我的临时旅行护照被不断地质问，毕竟这样的护照有些异样。如今，哪怕有一点风吹草动我都会焦虑。最终在驴友们的帮助下，不断闯关成功，搭上了回国的班机。13:00 回到了上海浦东机场，回到了温馨的家。

其实，在等待回国整理行李时，我忽然对于少了一个包包感到不适应。当我拿到护照想放进包里时，才发现如今的我，已经没有了包包，更没有其他东西需要珍藏。

今天，当我走出机场时,梅总和瑞华姐手捧鲜花和玫瑰等在国际出口到达处，给了我一个大大的惊喜。梅总知道我包包丢失后非常急，她一遍遍地抱着我说，这一抱代表佳芬姐，这一抱代表顾总，这一抱代表……反正我获得了无数个拥

<table>
<tr><td>朋友来接机</td><td>合唱团朋友为我接风压惊</td></tr>
</table>

朋友来接机　　　　　　　　　　　　　　合唱团朋友为我接风压惊

抱。这时候我发现，其实护照比金钱重要得多。假如我有上千万，但没有护照，照样不能回到自己的祖国；反之，我即使身无分文，但仍然能够挺胸抬头地回国，我骄傲我是中国人！

晚上，梅总和二姐夫在静安寺的一家餐厅召集姐妹给我接风和压惊。合唱团指挥齐老师说，原来也要来接机，但是突然下午有一个活动被耽误了。佳芬姐从外地出差赶来，她和安石姐夫的匆匆赶来，让其他人妒忌。梅总说：以后我外出丢一个小包，你们也要接机和接风哦。

真的不知道如何感谢，我详细述说了被窃过程。我说，当我丢失包包时没有哭，但我看到合唱团姐妹们在微信群中安慰的话语，感动得掉眼泪了。其实，兄弟姐妹就是在关键时刻互相帮助，排忧解难，只有经受考验的群体才是值得信赖的群体。我很富有，有合唱团和莲友这些群体。

（撰写时间 2013 年 6 月 21 日）

坐着轮椅回国

2013 年 10 月 26 日至 11 月 10 日，我跟随中国 ShEO 合唱团前往马耳他参加国际合唱比赛，就在完成比赛到迪拜旅游时，11 月 7 日我在迪拜酒店不小心摔了一跤，把脚崴了，最终只能坐着轮椅回国。

崴脚了

前天 11 月 7 日凌晨 1: 00 到达迪拜，因为酒店没有免费网络，而且需要休息，昨天又对迪拜走马观花，没有更新博客。幸亏迪拜所有商场都有免费网络，所以我现在是在迪拜最大的 Dubai Mall 发送博客，而且是坐在了轮椅上发送。

不要惊奇。今天早晨我将要出门时去了大堂洗手间，走出时踩空了台阶，脚被磕了一下，整个身子一下倒地，疼痛万分，嚎啕大哭。我可不太有这么脆弱的，但不知道怎么会这么失常。由于卫生间外是一个狭窄过道，没有人看见。我只能用手支撑地面慢慢往外移动身体，被一位老外发现后，立即把我抱到了沙发上。旅行社的导游闻讯赶来，为我买了止痛的喷剂，蔡总（蔡月娥）和静雯非常着急和关心。刚才在商场遇见另一波购物的合唱团姐妹，李琳说：蓬蓬怎么总是在最后会发生事情。是的，看来我 2013 年真不适合出国。

幸运的是，有好姐妹的照顾。我们将在明天凌晨从迪拜回国。等回家后会好好整理心情、整理思绪、整理照片，系统地向大家汇报。

（撰写时间 2013 年 11 月 8 日）

回国

我们赴马耳他国际合唱比赛的最后一批成员，于下午 3 点回到浦东机场，回到祖国。

　　来机场迎接的有：孟燕堃主席、林华老师、顾总等领导，还有本次最后因家事未能成行的李淑怡，以及很多留在国内的合唱团员。我则像残奥运动员那样，一路被轮椅呵护着回来了，看见孟主席、林华老师、顾总等送上的拥抱，郎琳、淑怡送上的鲜花，我激动得热泪盈眶，像久违母亲的女儿，回到了祖国的怀抱。

合唱团在浦东机场

坐在轮椅上逛迪拜 Mall

给大家回顾在国外最后一天崴脚后的经历。因为迪拜是购物天堂，在迪拜的最后一天特地安排了自由活动。而我因为崴脚了，只得坐在了轮椅上。在蔡总和静雯的照顾下，首次以残疾人身份逛街。第一次享受坐轮椅的待遇，也感受到残疾人的不易。首先是残疾人通道的必要性，否则残疾车无法自由出入。其次是残疾人卫生间，当蔡总推着我找残疾人厕所时，感觉很特别，才发现，残疾人也有比健康者更宽广的空间。

蔡总和静雯为了我，没有自如逛店。而我则是随她们推行，她们推我到哪里，我就到哪里，也只能到那里，没有选择也是一种待遇。每次我等在店门外，她们进去看衣服，觉得有合适的才把我推进去。本残疾人也买了几件喜欢的衣服，总算没有白逛迪拜 Mall。

最后乘坐飞机时，我一直被轮椅左右，并有一位海关工作人员一路陪伴。他替我办理出关，并把我带入残疾人休息室。登机时，我又排在了最前面，比公务舱的人还优待。

机场降落时，已经有一位航空公司地勤等在了机舱口，手里还推着一部轮椅。出示登机牌后，我又坐上了轮椅。我们在梅总带领下，唱着《歌唱祖国》的歌曲走出机场。佳芬团长因为有会议，提前一天回国。接着就是最前面一幅画面了，领导和姐妹们给我们献上了鲜花，我们在指挥齐老师的带领下演唱了一首《月亮代表我的心》。

我先生和逢炜及先生一起来机场接机，逢炜先生说：你们的歌声很美。我立马来了精神说：是吗？他说：在这个场合，能唱出这样悦耳的声音不容易。我们毕竟是国际合唱比赛获奖团队，能不好听吗？！

另及：从机场出来马上到华东医院急诊，拍片结果是撕裂性骨折，是骨折中最轻微的。医生要求脚不能踩地，静养一个月。静养可不是我的风格，首先我必须上班，但伤了右脚，无法开车。而日常生活中我只能坐轮椅或者拄拐杖，要知道拐杖也不是好使的。学习吧，做残疾人真不容易。

（撰写时间 2013 年 11 月 10 日）

带着腰伤踏上旅途

2016年1月8日我和技校的同学们前往深圳旅游，在深圳的第二天就因为严重摔跤而腰疼不止，生活几乎无法自理。但因为后面的行程还有很多，我坚持硬撑着游完深圳后，在1月12日至1月14日前往澳门，1月15日至1月26日前往西班牙和葡萄牙。

今天需要告诉大家的是一件本以为无法痊愈的伤痛，要知道，在1月14日晚踏上西班牙、葡萄牙之旅时，我还需要被人搀扶着走。

事情是这样的，1月9日，在我们刚到深圳的第二天，我右脚跨出车门时不慎滑倒，四脚朝天的我一下子把同学们惊呆了。后来发现，这是一个斜坡，而且地上还淌着油水。同学们惊呼："头不会摔破吧？""颈椎不会出问题吧？"

其实这时的我，脑子非常清楚，就是感觉腰酸得不行，无法站立。渐渐地，周围的人把我围成了圈，我像耍猴似地躺在地上足足有20分钟。正在大家不知所措时，出现了一个年轻人。他说："你们都不要动，我是学医的。"于是，他双手提起我的头和颈椎问我："痛不痛？"我说："不痛。"又提起我的脚踝和双腿问："痛不痛？"我摇摇头；再提起我的腰部，我说："不痛。"于是，他说："问题不大，让她自己慢慢站起来吧。"

此刻我已经心定，因为不痛意味着没有伤到骨头。于是，我把身子往右侧翻一下，用手臂慢慢支撑身体，大家把我搀扶起来。站了好久，才不得不艰难地俯身进到车里。

想想本月的旅程很满，才刚刚开始就成这样，真不知道自己是否能够坚持到最后。

为了不耽误大家的旅程，我还是和大家一起旅游。开始几天，我自己无法坐下和站起，更无法更衣，全靠着杨莉蓉、王黎萍、邹红、赵苓等同学的悉心照顾。因为一时无法买到护腰托，她们为我买来了纱布，把我的腰裹得严严实实。正好陈秋霞带着止疼药，我立即用上。因为此刻，腰酸和腰疼已经无法分辨，只感觉吃了止痛片有些缓解。在深圳和澳门的几天里，我只能右侧睡觉，脚稍微伸一下，腰部神经就刺痛一下，腰弯曲一下，腰部神经又刺痛一下，反正无法变换睡姿。

后来去了澳门，驴友们立即为我买来了强力止疼摩擦膏、止疼药膏和护腰。这时我才发现，澳门的药店真多，药膏琳琅满目。

在澳门大学

也许，大家从我的游记中并未发现我有什么异样。是的，我只要是站着，就可以行走，只是腰部有点重。但是坐下后就需要有人搀扶着起身，而且不能笑和咳嗽，否则就有无法忍受的那种疼。幸亏我脑子还算清楚，所以，在澳门分别去了澳门大学和拱北海关这两个非常规线路。在澳门大学时，我的腰部有护腰支撑，但笑脸依旧。用梁峰同学的话说："蓬蓬你身体都这样了，还有这么多想法，如果身体好的话，不知道会怎么样了。"轻伤不下火线。

1月14日凌晨2点，从澳门回到家里，但是同日下午5点就要赶赴萧山机场去西班牙。一路需要乘坐汽车、动车和飞机。在这一天仅有的几个小时里，我得整理去西班牙的衣服，一件件往地下的行李箱里丢。知道我无法自理箱子，王黎萍和杨莉蓉在王黎萍先生陈彪的驾驶下，下午4点就来到我家，为我整理旅行箱，帮助把我的行李箱放到车上。那时我一个人走路都比较困难，更无法拉动旅行箱。

当然，在萧山机场和旅行社接上头后，我就要装着什么事情都没有发生，怕他们嫌弃我，不让我踏上旅途。在出海关时，我拒绝带护腰，就怕被海关人员发现我的腰病，不让上飞机。

　　当然，我知道，有王黎萍和杨莉蓉的同行就放心了，因为王黎萍善于护理病人，杨莉蓉善于洞察我不适。在西班牙、葡萄牙旅途中，王黎萍每天为我穿袜子、换衣服。杨莉蓉每天为我擦药膏并搀扶着我。渐渐地，在去西班牙的第三天，我发现，睡觉时自己可以左右翻动了。后来感觉一天比一天有好转，其中一天竟然走了19 700多步。又过了几天，发现自己可以自如地蹲下和站起了。

在西班牙旅途中

　　后来几天，我可以跨到石阶上拍照了，而且还带上腰包了。我对同学们说，腰疼不可怕，只要去西班牙。

　　也许有人会说，这么重的伤病去国外旅游太冒险了。是的，这样的冒险是有准备的，它是基于有同行驴友的悉心照顾，除了以上提到的辛苦，还有就是几乎每天换酒店，她们还不时地为我整理行李和拿行李箱。幸亏在回程时，我的腰疼可以忽略不计，可以拖行李箱，还可以小跑步了。

　　再次感谢本次西班牙、葡萄牙之旅的同行者杨莉蓉、王黎萍和茹雅美。没有你们，我就无法完成本次之旅。

（撰写时间2016年1月28日）

找不到酒店的风雪夜

2017 年 2 月 2 日至 2 月 9 日，我和好友袁孟苓应凤凰卫视俄罗斯新闻中心战地记者全潇华邀请前往莫斯科。其间因为全潇华工作非常繁忙，我和孟苓自助游览莫斯科，还到了金环小镇谢尔盖耶夫、弗拉基米尔和苏兹达尔。但是由于对俄罗斯文字一筹莫展，Google 导航在俄罗斯也并不好用，所以发生了找不到酒店的惊险一幕。

2 月 6 日，出游的第四天，中雪，气温 –12℃。我们按照计划从莫斯科来到了弗拉基米尔小镇，花费了近 12 小时，剧情跌宕起伏。

莫斯科到弗拉基米尔导航图

知道莫斯科去弗拉基米尔有 170 千米路程，导航显示全程 3 小时 29 分，于是我们早上 8:45 出发。依旧是乘坐 314 公交去地铁站，转乘 6 号黄色线地铁。出地铁站，我们信心满满。导航显示，我们今天需要乘坐 2 趟火车。后来才发现是我不会使用 Google 导航，如果设置为最少换乘，就只需要再乘坐一次地铁。

坐上第一趟火车大约 10 分钟就来到了第二个火车站。我们需要购买去弗拉基米尔的火车票，但是问了很多人都说不清楚，有的往右指，有的往左指。后来发现，在俄罗斯问路是一件非常痛苦的事情，尽管俄罗斯人都非常热情。

终于，我们看见了 Vladimir 几个字，因为导航上也是这么标识弗拉基米尔的。进入时被拦下，问票子呢？才发现这是进站了，我们还都没有买票呢。票价是 487 卢布，约人民币 53 元。当我们持票再次进入时，又被拦下，但我们听不懂他们说什么，于是微信连线全潇华，才明白，我们的班次是 14:12，而那时仅是 11:10，还有 3 个小时。

我们顺便来到了车站餐厅用午餐，一碗面条 50 人民币。也就是在这里，我完成了昨晚没有写的博客。

俄罗斯火车车厢

大约 13:50，孟苓急切地说要赶紧上车了。果然，始发站点已经有很多乘客坐在位置上了。依然是不按座位号随便坐。火车上有卖唱的，有做广告的，甚至还走来了 5 位断手断脚的残疾军人唱歌，把我们吓得，以为是来抢劫的。中间还有检票人员来检票，因为莫斯科火车上车不检票，中途还有上下客。

进一步的跌宕故事正式开始。原来从导航看，这趟火车全程是 1 小时 39 分的直达车，但是我们乘坐不久就有上下客，大约行驶了 1 个小时，已经停了数不清的站点，而导航显示我们仅仅走了一点点里程，这把我吓坏了。再看导航，说需要乘坐 4 小时。我微信询问了一位经常出游的朋友，他说：只要大方向不错就 OK 了。还问我有指南针吗？我哪里有这些玩意啊。袁孟苓一边担心一边鼓励我说，今天如果能够顺利到达弗拉基米尔，我们本次莫斯科之旅就算成功了。其实我也挺担心的，火车不停地开，还不确定何时能到目的地，有一种被流放到西伯利亚的感觉。

大约 18:00，到达了弗拉基米尔火车站。火车从 14:12 出发，走了近 4 个小时。

因为我预订的酒店离开火车站 2 千米，我们决定乘坐出租车前往。但是所有停着的出租车都是网约车，我们没能乘上出租车。导航也没有显示可以乘坐哪趟公交车。

我打开手机上的 Booking，寻找我们今晚将入住的 GC Panorama 酒店，并问路，但后来发现，这个照片误导了被询问者。问了第一位，他看见照片上的教堂，就指指教堂这边。因为本次我预订的是小镇评价最好的酒店，我觉得可能就是这么的富丽堂皇，于是开始拖着行李箱走去。一路上又问了一对小年轻，他们也是指这里。后来才知道他们都以为我们去教堂，根本不清楚我们是问酒店在哪里。由于这个教堂是在高高的山坡上，我提着行李箱，走了起码有 100 级台阶。地上全是雪，我们都摔不起。平时肌无力的我，不知道哪来那么大力气，提着箱子就往上走，汗流浃背，气喘吁吁。到了上面才发现这是一个教堂，根本不是酒店。于是再次看导航，但是近在眼前的位置，就是无法接近。

又去一家咖啡店问路，指指前面这条路，于是我们沿着被指的一条小路走。这是一条下坡路，雪地路滑，短短 200 米我们走了半个多小时。袁孟苓还一屁股坐在了地上。看见她摔跤，比我摔还担心，因为她 2 年前刚刚股骨颈骨折。走着走着，我感觉不对，游客都点赞的酒店，怎么会在这小路上呢？这时是 19:40 了，我们从车站过来已经走了一个半小时。

由于是晚上，小路上根本没人，当看见一对男女从屋内出来时，我们立即像抓住救命稻草一样地上前询问。这位男士说带我们去，那女的对他看看，他示意，你先去吧，我一会儿就来。他见我们不会走雪地，接过了我手里的箱子，并不断鼓励说，快到了。果然，在几个路口转弯后，不到 5 分钟，我们就来到

Booking 上显示的 GC Panorama 酒店照片

和袁孟苓在俄罗斯弗拉基米尔小镇

了酒店。我立即送上了一点小费以表心意，他坚持不要，但我硬塞给他了。办理入住时，已经是20:00，今天从早上8:45到晚上，走了差不多12小时。这时才感觉有点饿了，来到酒店餐厅。我看见有英文菜单，点了一个猪肉，一个蔬菜，结果来了两盆吃不惯的菜。

今天一天赶路，让仝潇华很担心，她再三叮嘱我们，在火车站要注意安全，也3次用微信和当地人通话，做网络翻译，让我们最终到达了目的地。非常感谢！

今天是我所有旅行最惊心动魄的一次，值得总结的地方很多。

一是，轻视了今天是一次非常艰难的长途。相对于不断提速的中国高铁，莫斯科的火车和地铁明显陈旧落后。

二是，被前几天莫斯科顺利自助游冲昏了头脑，以为自己真的能力超强，自信过头。

三是，对导航将信将疑，曾经以为弗拉基米尔有好多地方，万一导错了呢？曾经也以为我预订的酒店不在这里的弗拉基米尔，而在另外一个弗拉基米尔。

四是，今天才发现自己的旅行装备完全属于初级阶段，没有指南针，没有手电筒，没有带充饥食品，如巧克力。今天在火车上，袁孟苓问我要吃饼干吗？那时我还不知道何时能够抵达，完全没有时间饥饿，还想着要备战备荒，不饿不吃。

五是，要有防寒预防措施，尤其是对相机电池和手机、充电宝的御寒。因为寒冷，今天我的手机大约停机了6次，而且都是在导航的关键时刻，所以后来在寻找酒店的路上，我把它揣在羽绒服内取暖。

（撰写时间2017年2月6日）

旅行攻略与装备

多年来的旅游或旅行，特别是自助旅行后，我越来越发现，攻略和装备是旅行的重要组成部分。在此分享一些体会。

旅行攻略

景点选择　先搜网上攻略，汲取他人的经验。也可以参考携程等专业旅游公司的线路，因为专业行业设计的线路是经过锤炼的，景点的安排一定有它合理的地方。

当选择去一个陌生的国家旅行时，可以先搜索该国有多少世界文化遗产，往往这就是你不能错过的景点。例如2017年做德国的旅行攻略时，当我发现德国40多个世界文化遗产中有30多个是在慕尼黑周边时，就毫不犹豫选择了慕尼黑。

机票预订　国际机票通常提前半年购买会便宜很多。直航最好，即使转机也要控制在一定的时间内。例如去欧洲，通常应该控制在13小时左右。如果去欧洲经韩国转机，机票价格是便宜了，但起码要增加6小时以上。如果去北欧、东欧，可以乘坐俄罗斯航空，时间没有增加，但价格便宜较多。当然我们更应该考虑信誉度高、安全性好的航空公司。而提前预订机票的风险是，万一取消行程，就会造成损失。

如果乘坐廉价航空，如春秋航空、亚洲航空、捷星航空等，这些航空公司对托运的行李重量有限制，而且起飞时间通常会很早或很晚。

如果需要转机，可以考虑行李直挂，即把行李直接从起点送到终点，以便自己从容转机。

值机　如果你乘坐经济舱，很多时候，上飞机就有空乘推荐超级经济舱，往往只需要600元左右，超级经济舱是经济舱的PLUS版本，座椅比较宽大。还

克罗地亚杜布罗夫尼克

有一种，你在值机时，可以主动向机场工作人员提出要坐紧急出口的位置，通常符合条件的话一般都会给。这种座位前面没有遮挡，座位比较宽敞，但通常是给健壮和动作敏捷的旅客。如果是国际航班，坐在该座位的旅客还应该有能力使用英文与机组工作人员及其他旅客交流。我有一次从伊朗回来，要求做紧急出口的位置，就被问懂英语吗？我点点头。后来想想，幸亏被问的这句英语我还听得懂。

酒店预订　可以通过 Booking、agoda、bnb 网站进行比价。如果预订欧洲国家的酒店，Booking 选择余地比较多。如果预订东南亚国家的酒店，agoda比较好，因为 agoda 总部在泰国，东南亚酒店价格相对有优势。如果喜欢住民宿，则可以选择 bnb 网站，这是全球民宿短租公寓预订平台，其价格便宜，比较人性化，但交通不一定便利。如果在国外是通过乘坐火车旅行，那么建议把酒店预订在火车站 300 米以内，以免长距离拖行李。酒店最好预订为可取消的，以便灵活掌握行程。

如果是自驾游，选择住宿的范围就大了，可以根据行程和景点来选择。也可以选择住几天酒店，再住几天民宿，体验不同的住宿环境，也是旅行的一个方面。

火车通票预订　通常在欧洲都有方便外国游客的火车通票。使用欧洲火车通票旅行既方便又实惠，尤其是在国内购买，比在国外当地购买便宜 10% 左右，全程票比分段票便宜 30% ~ 40%。持有通票可以直接乘坐火车二等座位，不对号，但中途会查票。各个国家对通票的使用范围不同，例如法国和意大利火车通票，在乘坐火车时，还需要现场购买座位票。瑞士通票还可以用于轮船和景点门票，包括博物馆。欧铁通票在国内好几个大城市有代办处。

如何上网　出国旅行经常会遇到上网的问题，而国内运营商数据漫游费用太高，这就需要有所准备。一是可以在国内租借一部随身 WiFi 带出国。其体积小，便于携带，一部机器可以同时供 4 ~ 5 人使用。可以在淘宝上租赁或直接在机场柜台租赁。你可以选择所去的国家租赁对应的随身 WiFi，用于亚洲的价格低一些，欧洲的价格最高。也可以询问淘宝店主租借的前一天和后一天是否可以免除。例如，你是 1 月 2 日半夜出发，1 月 10 日凌晨回来，那么使用日期可以从 1 月 3 日至 1 月 9 日，就减少了 2 天租金。二是也可以使用电话卡，在国内买好，直接去国外开通，但记得，购买电话卡时，一定要看清楚是不是你所去的国家。如果是三国电话卡，要看清楚，是不是你所去的这三个国家，否则到了某国就没法使用了。还要注意，电话卡要和使用的手机匹配，当然电话卡也可以到了当地再购买。

打印机票和攻略　攻略中把城市和酒店等几个关键点标注上英文，并把机票和攻略打印出来，人手一份。因为在进入某国时，海关人员往往会问你一些问题，这时如果你不会英文，就出示这些资料，他们就明白你去哪些城市，你有来回机票说明你不会滞留在该国。

旅行装备

旅行箱　可以根据行程天数，选择不同尺寸的行李箱。如果短期的，可以带 20 寸以下的，以免于托运，便捷登机。选择行李箱，应该考虑自重轻一点的旅行箱，硬壳比软壳的更能承受外力敲击。锁扣比拉链的更不易在运输途中闪开。

克罗地亚杜布罗夫尼克

德国品牌的日默瓦（RIMOWA）旅行箱是最经典的一款，只是价格稍贵，在国外购买的价格是国内的 5 ~ 6 折。

　　双肩包　双肩包要选择和自己身材相配的尺寸，千万不要为了多装东西，而盲目选择大号的。还应该考虑有腰托带的款项，它可将包的负重分散到胯骨，分担背包者双肩和颈部腰部的负重。如果再讲究一点，可以选择防水面料、防水拉链，所有接缝全部压胶防水处理的款项，这样即使暴露在雨中，也不会使包内东西淋湿。这样的双肩包往往还设计了外挂扣，可固定登山杖和保温杯等。

　　睡袋　就是一条保暖的羽绒被，在户外旅行露营时一定需要，也可以在遇到酒店觉得被子不干净时，直接睡入自己的睡袋。我看见很多人带着被套出游，还不如带着睡袋，它轻便、易携带。睡袋按保暖温标区分，例如0℃以下，0℃到 –10℃，–10℃到 –20℃不等。温标的标注主要有两种标法，一种叫极限温标，另一种叫舒适温标。极限温标是指得保证人体不会失温牺牲的温度，舒适温标则是我们能够正常安稳睡觉的温度，这两类温标往往相差不小。高端睡袋会将这两个温标都标注出来，而中低端睡袋则往往只标注一个温标。温标越低，保暖性越好，价格越高。

旅游鞋　出游途中会遇到高低不平的地面，应该选择防滑中帮鞋。鞋底耐磨橡胶有减震及抓地力强和防滑的功能，选择中高帮鞋可有效包裹脚踝不易扭伤，再高端点，鞋头有橡胶包头有防撞保护作用。旅游鞋外侧标有GORE-TEX就是防水标识，这样的旅游鞋有防水透气、保持干爽的功能。

旅行服装　不要为了漂亮而一味追求鲜艳的服装，应优先考虑其功能。每次必须带上一件户外冲锋衣，它具有防风避小雨的功能。有的冲锋衣腋下有拉链，需要时可以拉开透气。有的速干裤中段有拉链，可以调节成长裤或短裤。透气性强的速干衣裤，不会在你汗流浃背后凉着后背，只需要稍稍拉弹一下就可以散发汗水。途中换洗，也会很快晾干。当然可以带些旧衣服，边游边丢，也就给自己边游边买新衣服的理由了。

运动手表　尽管如今可以通过手机看时间，但如果在零下10℃以下的寒冷天，手机就会自动关机。而运动手表，不仅可以看时间，还有防水、抗低温、海拔、气压、日历、定时、闹钟、秒表、温度等功能。所以，如果户外旅行，最好佩戴一只运动手表。

手电筒　手机里虽然有电筒照明功能，同样，在零下10℃以下，手机关机就使不上劲。另外，手机的电筒只具有近距离照明，而户外运动中需要照明100米开外的距离，这时就需要一部强光手电筒，当然体积和重量也会成正比上升。记得是充电式防水的强光手电筒。

但最好带上一个头灯，也就是戴在额头上的那种小灯，这样可以腾出手来做其他事情。

防晒和修复　这不是为了好看，而是旅行中必不可少的，如果到紫外线极强的西藏、青海，那防晒绝对重要。问题是，除了外出时涂抹防晒霜，回来时要记得涂抹修复霜，然后涂抹木瓜膏，木瓜膏可以防止皮肤发炎、晒伤、烫伤、蚊虫叮咬等。记住，修复皮肤比敷面膜重要得多。

耐饥食品　主要是指在户外旅行时，万一来到了一个荒无人烟的地方，那么食品就是第一需要。所以，我们应该在出行时，随身带上一些耐饥食品，例如：

纳米比亚鲸湾

能量棒、巧克力、牛肉干、猪肉脯等，以补充能量和血糖。1 块 50g 重的黑巧克力，可提供 220kcal 的热量，同等重量的牛奶巧克力，可提供 245kcal 的热量。这 200 多大卡的热量相当于 2 两馒头或 4 两米饭提供的热量。

高原反应的应对 不建议去高原地区前先吃红景天等中药材。我去南美秘鲁，就是在当地购买抗高原反应药，因为它比较契合当地的高原气候。如果去西藏发生剧烈高原反应，立即去当地的医院，对症下药挂水后，马上就能恢复。

高原不可怕，只要有的放矢。抗高原的最好办法是从低海拔到高海拔的阶梯式推高。例如去西藏，可以先去 2800 米海拔的林芝，再慢慢前往附近的鲁朗等地区，等过了一周后，前往海拔 3500 米的拉萨，登布达拉宫就没有问题了。你或许还可以继续往南，去海拔 4700 米的纳木错、去海拔 5100 米的珠峰大本营和阿里地区。可能大家以为乘坐火车前往拉萨，可以逐渐适应海拔的提升，错！

因为你乘坐的是供氧火车，一旦下车，还是会有极大的高原反应。

旅行必备的技能

导航　这是自助游时非常重要的一个工具。去国外时我基本使用 Google（谷歌）导航，Google 可以准确导航世界各国的各条马路，误差率大约在千分之一。我在加拿大魁北克时，发生过误差，车站已经搬了，但导航还在老位置。在俄罗斯，Google 导航对很多地方只给一个大致的位置，不够精确，估计是俄罗斯排斥美国货。

因为美国出品的 Apple 手机对同样美国的 Google 具有更强的支持功能。所以，我习惯使用 Apple 手机导航 Google。当你在手机上下载好 Google App 后，还得会使用。如果你在国内会使用高德和百度地图的话，那么就不要被 Google 吓住。它同样可以通过中文页面，用中文输入目的地等。Google 同样会显示驾车、公交、步行等不同需求，公交可以查看到你乘坐的火车在几号站台，公交该乘坐哪一条线路。所以，国外出游，跟着 Google 导航走就是了。

还有就是 maps.me 离线地图，据说很好用，但我没怎么用过，还在学习中。

驾车　很多人喜欢在国外租车自驾游。可以选择安飞士（Avis）、赫兹（Hertz）和欧洲汽车（Europcar）等国际著名租车公司。通常在国内网站上先租借后，在国外某机场或火车站取车，在网站上租借时，记得购买全额保险。因为对国外地况不熟，容易遇到碰擦。往往在国外提车时，租车公司还会推荐保险，此时就无须再买了。

摄影　这与其说是一门技巧，不如说是旅行的延伸。如今人人都有手机，都能拍照，但要善于拍照。如果一路上不拍照，就失去了旅行的一半认知，就不会去捕捉并发现美。另外，如果旅行中你是带着单反相机，那最好带上三脚架，这对于夜景拍摄至关重要，万一还想拍摄星空呢？

外语　这是横在很多年长旅行者面前的一道关，其实，大家千万不要把它想得太复杂，没有那么可怕，只需要多听多说。掌握几个日常用语和关键词。例如：计数、早餐、午餐、晚餐；飞机上餐饮选择，不外乎就是鸡和牛肉，面和米饭，饮品就是可乐、橙汁、咖啡、茶等。要会看机场的大屏幕显示，了解你的航班是准时还是延误，要会看登机牌上的信息，例如：登机时间、登机口和座位。

如今手机上都可以下载翻译软件，只要学会使用，就可以走遍世界。在国外旅途中经常会遇到中国留学生，可以请他们帮助。

以上是我游走世界、不断闯关的体会。总之，只要做好充分的准备，带上足够的行囊，就不会迷失方向，出发并归来！

蓬蓬去过的国家和地区

亚洲（27 个）

中国香港、中国澳门、中国台湾；

朝鲜、韩国、日本；

菲律宾、越南、老挝、柬埔寨、缅甸、泰国、马来西亚、文莱、新加坡、印度尼西亚；

尼泊尔、不丹、斯里兰卡、马尔代夫；

伊朗、以色列、约旦、巴勒斯坦、阿拉伯联合酋长国、土耳其、塞浦路斯。

欧洲（35 个）

冰岛、挪威、瑞典、芬兰、丹麦；

英国、法国、爱尔兰、荷兰、比利时、卢森堡、摩纳哥；

德国、奥地利、瑞士、波兰、捷克、匈牙利、斯洛伐克、列支敦士登；

希腊、意大利、西班牙、葡萄牙、塞尔维亚、黑山、克罗地亚、斯洛文尼亚、

波斯尼亚和黑塞哥维那、梵蒂冈、马耳他；

俄罗斯、立陶宛、拉脱维亚、爱沙尼亚。

非洲（9 个）

突尼斯、摩洛哥、南非、博茨瓦纳、纳米比亚、赞比亚、坦桑尼亚、津巴布韦、

肯尼亚。

南美洲（5 个）

秘鲁、巴西、智利、阿根廷、玻利维亚。

北美洲（5 个）

美国、加拿大、墨西哥、古巴、格陵兰岛。

大洋洲（3 个）

澳大利亚、新西兰、斐济。

在法国巴黎凯旋门

后记

今天当《我的行吟笔记》一书即将出版时，心情还是比较激动。

首先我不是作家，尽管曾经出了一本博客选集《我的时光手札》，但那也是我这十多年来的博客汇总而已。

其次，本书已经等待出版一年多了。原来我交付的出版社没有被排上号，告诉我不知道哪年哪月才能出版，而此时，好朋友董春洁推荐了上海交通大学出版社，我第一天和提文静老师接触，就给了我很大信心，我告诉提老师，这是我博客的第二本书。她说，明天正好有一个选题会，于是我当晚就填表申报。次日她微信我，选题通过了！

后来几天，我足不出户，在电脑上修改曾经汇编的文章和照片。同时，我把文件发给老同事王大理替我审核，请好朋友金涛和乐屹给我提意见，还请王辰博士为本书审稿。

本书再次请出曾经为《我的时光手札》写序的佳芬姐作序，她是我尊敬的良师益友，她见证了我博客的一路走来，也是我每次旅途中给予支持和关心最多的一位。

另外老朋友"私家之旅"的黄天游总经理也为本书写序，他是一位资深旅游者，业内非常有名的旅游专家。专业的肯定，是对我旅游书籍的最大鼓励。

和第一本书相同，本书名依然由驴友王辰博士提出并被采用。书名也仍然由我的舅舅童清仁题写。

如果你想看蓬蓬博客，可以在微信公众号上搜"蓬蓬的博客"，加关注。

施向群（蓬蓬）

2022 年 6 月 30 日